Régis Jauffret

L'enfance est un rêve d'enfant

Gallimard

Cet ouvrage a initialement paru aux Éditions Verticales /
Le Seuil en octobre 2004.

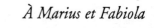

À Marius et Fabiola

1

Où on fait connaissance
avec la caniche Lola

Au cours de la deuxième partie du XXe siècle, époque où j'ai vécu mon enfance, fin septembre à Marseille il faisait aussi beau qu'en plein mois de juillet. En sortant de classe le soleil était toutefois plus orangé, et la rue Paradis se trouvait presque à l'ombre. Quand on passait par le square Monticelli, on avait l'impression de traverser une scène éclairée a giorno tant les rayons y tombaient dru comme d'un pommeau de douche.

On s'arrêtait souvent cartable au sol pour regarder les fusées qui en ce temps-là tentaient leur chance pour atteindre la Lune. La plupart étaient obligées de rebrousser chemin, d'autres explosaient ou devaient se mettre en orbite autour de la Terre jusqu'à ce que mort s'ensuive. Ce n'étaient le plus souvent que des rats, des chiens, des chats, qui périssaient par manque d'oxygène attachés à leur siège en contemplant l'espace, ou qui se désintégraient soudain comme des baudruches.

Lorsqu'un homme s'aventurait là-haut, il bénéficiait d'une série de reportages, et s'il mourait on enterrait un cercueil vide à son nom dans le plus beau cimetière de Paris. La conquête de l'espace nous fascinait, nous aurions volontiers pris la place de la caniche Lola, quitte à être déviés comme elle de notre trajectoire et à filer vers le Soleil où elle grillerait un jour après des années d'une course folle, merveilleuse et désespérée.

Nous étions trop heureux pour tenir à la vie, trop généreux pour être avares, nous aurions donné toutes nos années à venir pour rendre service, ou prolonger l'existence d'un vieillard peureux qui rechigne à chaque fois que sa dernière heure tente d'entrer dans la chambre où il entrepose dans un cabinet chinois cinquante années de correspondance avec une femme mariée qui n'a jamais osé sauter le pas.

À cinq heures j'étais rentré chez moi. Je me racontais des histoires en mangeant mon pain et mon chocolat. Je me disais que nous étions une famille de soixante enfants, tous du même âge, à l'exception d'une sœur mariée à un être que nous suspections d'appartenir à l'espèce des gorilles, tant il avait le nez velu, tant à force de se taire il semblait incapable d'articuler un mot, tant ses bras traînaient derrière lui comme une double queue. Notre sœur portait toujours des chaussures noires, rondes comme des sabots. Elle hennissait en nous coursant quand elle jouait avec nous. Elle avait un museau plus qu'un visage, et si elle ne possédait pas de cornes, elle était très étrange malgré tout.

Il m'arrivait même de me dire que je vivais dans une cabane isotherme, avec pour parents un couple d'hélicoptères prêts à décoller jour et nuit qui m'emmenaient à l'école à tour de rôle en survolant des hectares de banquise où des troupeaux de morses bataillaient avec des armées de manchots. Pour me réchauffer je pensais au désert, juché sur un chameau je convoquais des mirages où se jouaient des westerns pleins de ranchs, de forts, d'Indiens multicolores comme des sorbets.

— Tu as fais tes devoirs.

Ma mère ressemblait à la plupart des mères. Un mètre cinquante, soixante, quatre-vingts, selon qu'on la regardait du ras du sol ou du sommet d'une échelle. Son poids était un secret mieux gardé que la combinaison du petit coffre du salon, mais on savait qu'il variait de trois à quatre kilos au gré des régimes qu'elle entreprenait à l'approche du printemps, et abandonnait comme un vieux maillot de bain aux premières bouffées du mistral d'octobre.

— Tu as appris tes leçons.

— Oui.

— Tu mens.

— Oui.

Je filais dans ma chambre où mes jouets en désordre ressemblaient à des clochards vautrés sur le sol. Je les méprisais, je m'intéressais davantage à la politique et à la métaphysique, qui j'en étais certain depuis quelque temps, constituaient la véritable trame de la réalité qui se déroulait sous nos yeux avec la nonchalance de ces vieux films tressautant où Charlot courait moustache à l'air en essayant d'attraper le vent du bout de sa canne de jonc.

Avec Gabriel et Corentin, nous évoquions souvent la philosophie et ses pouvoirs magiques, la politique et ses soubassements occultes dont les adultes ne percevaient que l'écume. Au cours d'une récréation, en réfléchissant au mot mys-

tère, que nous avions dû copier une centaine de
fois pour nous pénétrer de son orthographe
excentrique, nous avions découvert que le général de Gaulle qui présidait la France depuis 1945
après avoir nettoyé l'Europe du nazisme, diri-
geait aussi le reste de la planète, pilotant au gré
de sa volonté souverains et premiers ministres
comme des voitures téléguidées.

D'après nous, il tenait ses pouvoirs des rap-
ports privilégiés qu'il avait entretenus avec
Dieu depuis son enfance, nous le soupçonnions
d'ailleurs de le rencontrer souvent en dehors
des églises lors de tête-à-tête où l'un et l'autre
confrontaient leurs idées sur l'avenir du monde,
le mystère de la Sainte-Trinité, et plus encore
sur la communion des saints à laquelle Dieu lui-
même confessait volontiers au Général n'avoir
jamais compris grand-chose.

J'avais pensé aller voir le député du quartier pour lui demander confirmation de notre
découverte, mais Corentin nous a convaincus de
jouer les passagers clandestins sur une Caravelle,
et d'aller visiter le général de Gaulle qui lui
semblait assez honnête et courageux pour ne pas
éluder nos questions en s'abritant derrière le
secret d'État.

2

Pâturages de banlieue

Pour leurrer nos parents qui nous auraient
attendus comme chaque jour à l'heure du déjeuner, nous avions inventé une récollection à la
campagne sous la direction du Père Maurin, un
gentil vieillard au corps confortable, qui nous
faisait chanter des cantiques de sa composition
sous les platanes.

Vêtus de costumes noirs chapardés à la Belle
Jardinière, nous sommes arrivés à l'aéroport de
Marignane comme trois hommes d'affaires de
petit format pressés d'atteindre le lieu de leur
rendez-vous. Nous avons payé le taxi avec une
bague en argent que Gabriel avait trouvée dans
une calanque en essayant de harponner des
poulpes. Nous n'avions pas réservé de billet, au
moment de l'embarquement nous nous sommes
coulés dans la foule des passagers.

Nous avons pris place dans la rangée centrale à côté d'un couple de jeunes mariés qui passaient leur temps à s'embrasser entre deux coupes de champagne. Nous nous contentions de boire les sodas et de manger les petits fours que nous proposaient les hôtesses. Le ciel que nous apercevions à travers les hublots était encombré de fusées dont le plan de vol n'avait sans doute pas été transmis au pilote. Il était obligé de se faufiler, ou de prendre soudain de l'altitude pour les éviter au dernier moment. Nous avons été très secoués à l'atterrissage, et les amoureux ont vu un de leurs baisers capoter.

Il était à peine dix heures du matin, nous avions toute une journée à abattre avant de nous rendre à l'Élysée. Car malgré notre insistance et nos coups de téléphone répétés, le secrétariat du Général ne nous avait accordé une entrevue qu'à vingt heures trente. Nous aurions mieux aimé le rencontrer dans l'après-midi, afin de pouvoir peut-être profiter d'une promenade à ses côtés dans le grand parc.

Nous avions pensé faire appuyer notre demande par le Père Maurin, fort de son statut de prêtre et de sa voix chenue, il nous aurait sans doute obtenu une audience diurne. Mais malgré sa bonhomie il était quand même un

slip into

adulte, et nous avons préféré le cantonner à son rôle d'alibi.

Nous sommes descendus de l'avion par une passerelle chromée qui étincelait au soleil comme un guidon. L'unique piste, où se posaient et décollaient aussi bien les appareils des lignes intérieures que les long-courriers, sillonnait à travers une forêt touffue où les braconniers posaient des pièges et tiraient les pigeons à la chevrotine.

L'aéroport était lambrissé, les plafonds cloisonnés représentaient des scènes de l'aube de l'aéropostale, avec ces pilotes casqués de cuir qui survolaient le paysage en rase-mottes pour s'orienter en déchiffrant le nom des villages et des lieux-dits. Il y avait tout un charroi de porteurs, de crieurs de journaux, et de femmes élégantes un peu perdues qui paraissaient attendre sourire aux lèvres un mari dont elles semblaient reconnaître les traits dans chacun des hommes qu'elles croisaient en arpentant le sol de marbre gris.

En 1965, Orly était relié à la capitale par une route à trois voies qui traversait la campagne. Les fermes étaient nombreuses, on voyait des vaches paître et boire dans de vieilles baignoires

rouillées. Les banlieusards de ces années-là tra-
vaillaient souvent la terre, labourant avec de
rares tracteurs, et le plus souvent utilisant des
bœufs attelés en paires par un joug. Ils se déplaçaient en 4cv Renault, en char à banc, ou même
à cheval, comme de curieux cow-boys coiffés de
bérets basques.

Les églises fourmillaient, on les aurait dit
semées dans le paysage, tels des nains de jardin
qui grossissaient miraculeusement au fur et à
mesure qu'on s'en approchait. Mariages, bap-
têmes et enterrements sortaient à jet continu
par les grandes portes ouvertes à deux battants.
À cette époque on se mariait davantage, on nais-
sait plus volontiers, et on se laissait mourir
beaucoup plus tôt qu'aujourd'hui.

Au lieu de grimper dans un des cars qui faisaient la navette avec la place des Invalides que
nous imaginions peuplée de jambes et de bras
autonomes usés par la reptation sur l'asphalte,
nous avons préféré gagner Paris par le chemin
des écoliers. Corentin avait apporté sa boussole,
et à condition de garder cap nord-ouest tout au
long du périple, nous ne pouvions pas nous
perdre, même en nous éloignant des fossés pier-
reux qui bordaient la route.

Nous avons marché à travers champs jusqu'à un bourg. La cheminée d'une petite usine fumait, un trio de types en sabots et en bleu de chauffe s'activaient derrière des verrières à l'armature rouillée. Ils fabriquaient des piles, elles s'usaient si vite dans les lampes de poche et les premiers transistors, qu'on en produisait partout sans jamais suffire au coûteux appétit de ces bestioles affamées de watts.

Il n'était donc pas étonnant que des paysans aient eu l'idée d'en fabriquer, afin d'éclairer leurs étables à moindre frais et d'écouter presque à l'œil les discours du Général. S'ils étaient assez aimables pour nous révéler leur recette, nous pourrions en fabriquer nous aussi, échangeant notre production dans la cour contre des nouveaux francs et des billes.

Gabriel a frappé au carreau. Ils ont levé les yeux vers nous tous ensemble comme s'ils étaient reliés au même système nerveux. Ils se sont approchés, ils ont ouvert une porte fondue dans la verrière. Ils ont parlé l'un après l'autre dans un effrayant patois tombé depuis en désuétude, qui nous a semblé assez proche du hurlement du loup.

Ils allaient se jeter sur nous et nous balancer comme des ballots dans la grande cuve que nous apercevions au milieu de leur atelier où mijotait un liquide noir qui répandait une odeur d'acide. Nous aurions beau crier, ils nous immergeraient comme dans de la pâte à beignets, pour ensuite nous rouler sur un tapis d'ampoules et s'amuser à nous voir scintiller des pieds à la tête comme les rampes de lancement des spoutniks.

— Laissez-nous partir.

— Je vous en supplie.

— Nous sommes des enfants de Marseille.

Ils souriaient de notre frayeur. Puis, l'un d'entre eux s'est mis soudain à parler notre langue.

— Qu'est-ce que vous faites ici, vous devriez être à l'école.

— On va à Paris.

— Tiens.

Il s'est tourné vers les autres.

— Tiens, tiens.

Ils ont répété ces mots comme nous répétions les répons à la suite du Père Maurin lors des cours de catéchisme ou des interminables messes du vendredi matin. Afin qu'ils se montrent plus chaleureux, ou du moins qu'ils se rétractent respectueusement dans leur atelier comme un bernard-l'hermite au fond de sa coquille, nous leur avons révélé le motif de notre voyage.

— Nous avons rendez-vous avec le général de Gaulle.

Ils ont éclaté de rire. Nous avons compris qu'en fait de piles ils fabriquaient des bâtons de dynamite pour exploser la DS du Général quand il rendait visite au petit Clamart, ou allait se reposer le week-end dans son castel de Colombey.

Nous aurions été des gamins d'aujourd'hui, nous les aurions sans doute injuriés, et nous armant de pioches trouvées au pied d'un arbre, nous aurions mis à sac leur matériel avant de fendre leur crâne et de les laisser pour morts au milieu des miettes de leur verrière éclatée.

Notre éducation catholique nous permettait seulement de prendre la fuite. Ils n'ont pas tenté de nous rattraper, c'est à peine s'ils ont continué à rire dans notre dos avec l'obstination des mauvais orateurs qui veulent à tout prix avoir le dernier mot.

Sans cesser de courir, nous délibérions, ne sachant quelle suite donner à cette affaire.

— On va les dénoncer.

— Tu es fou.

— On nous croira jamais.

Pour récompenser notre civisme on nous passerait les menottes, et refusant d'appeler l'Élysée pour avoir confirmation de notre audience, on nous renverrait à nos parents entre deux gendarmes dans un wagon de train grillagé comme une cellule de prison.

3

Le plaisir des fraises

Le nom du village

À force de courir, nous avons atteint un village qui portait le nom du grand patron d'une filature, car le comité d'entreprise en promettant de financer la construction d'un stade avait obtenu du conseil municipal de rebaptiser la commune pour lui rendre hommage.

— En tout cas, j'ai faim.

Gabriel avait toujours faim, Corentin aussi, et je commençais à avoir envie de quelque chose à manger.

Il y avait un restaurant sur la place. Nous sommes entrés, bien décidés à nous faire servir, même si nous ne savions pas encore comment nous réglerions l'addition. Une grande table était déjà occupée à côté du comptoir par des messieurs vêtus de flanelle et de tweed qui parlaient de culture intensive comme des ingénieurs agronomes.

Nous nous sommes installés dans un coin tranquille près de la cheminée à l'âtre éteint. Une odeur de volaille grillée nous mettait en joie, et la nappe à carreaux bleus aiguisait notre appétit.

— Apportez-nous la carte.

Gabriel a crié, il s'exerçait parfois à donner des ordres, car il espérait plus tard devenir chef de famille.

Un homme en tablier a surgi furieux du fin fond obscur de la salle.

— Non mais ça va pas, gamin.

— Et puis, qu'est-ce que vous faites ici.

— Où sont passés vos parents.

Gabriel a essayé de crier encore, mais au dernier moment il n'a pas su quoi. Corentin paniqué enfonçait ses ongles dans ses joues. J'ai compris qu'à mon âge le Général aurait rembarré cet individu comme le premier nazi venu.

— Nos parents sont à l'église.

— Elle est fermée, le toit s'est effondré lundi dernier.

— Justement, ils s'occupent des travaux.

Il a froncé les sourcils, mais il était impressionné par mon assurance.

— S'il vous plaît, servez-nous avant qu'ils arrivent.

— On a si faim.

— Donnez-nous au moins des hors-d'œuvre.

Galvanisés par mon audace, Gabriel et Corentin s'étaient enhardis eux aussi. Le cuisinier a regagné son antre en grognant. Mais il a fini par nous apporter une corbeille de pain et un ramequin de beurre.

— Merci.

— Merci beaucoup.

— Merci, Monsieur.

Les clients arrivaient peu à peu, ils mordaient à pleines dents des cuisses de poulet et se gonflaient les joues de patates sautées entre deux verres de vin rouge. Nous ne pouvions nous empêcher de les envier un peu en mâchant notre pain.

Quand nous avons eu terminé cette pauvre collation, le cran nous a manqué pour réclamer un dessert. Nous avons quitté le restaurant en catimini, puis par prudence nous avons préféré nous éloigner du village.

En chemin, nous avons traversé un champ de fraises qui poussaient toute l'année grâce à l'eau chaude de la centrale nucléaire voisine érigée sur l'ordre du Général pour assurer l'indépendance énergétique de la région. Elles étaient dodues à souhait, grosses comme des pamplemousses, et plus douces que des figues. *Plump*

Nous avons capturé une vache qui paissait solitaire non loin d'une ferme qu'on devinait à peine derrière un nuage de vapeur. Gabriel avait appris à traire dans la propriété de ses grands-parents, et en guise de chantilly nous avons aspergé les fraises de lait crémeux, sucré même, comme si de retour à l'étable on empiffrait la bête de betteraves et de fruits au sirop.

Nous n'avions jamais goûté meilleur dessert, et puis ces fraises nous rendaient joyeux, nous étions pris de fous rires, nous grimpions sur la vache en nous faisant la courte échelle, avant d'en retomber encore plus hilares.

Nous avions envie de bondir, de crier, de courir. Nous avons essayé en vain de porter la vache en triomphe pour la remercier de sa contribution, et nous sommes partis droit devant nous, hurlant, fulgurants comme les balles sorties du pistolet du chasseur de primes dont les exploits illuminaient nos samedis soir sur l'écran du téléviseur familial carrossé de bois verni au tampon comme un buffet louis-philippard ou une contrebasse.

Nous allions plus vite que des vélos, des chevaux, nous sautions mieux que des kangourous, des ascenseurs, nous volions à basse altitude, puis assez haut pour croiser les avions, les vaisseaux spatiaux, pour apercevoir la caniche Lola, éblouie et sereine, trop fière pour hurler à la mort, isolée dans sa capsule sourde et muette depuis que la radio avait rendu l'âme, oubliée des ingénieurs ingrats et de leurs grouillots qui l'avaient ficelée sur son siège.

Nous piquions une tête jusqu'à Mars, foulant son sol rougeâtre comme un court de tennis, nous prenions un instant le frais sur Pluton, et d'un coup de reins nous précipitions vers le Soleil, le temps d'emmagasiner assez de lumière pour connaître un bonheur à ce point gigantesque qu'il a pénétré nos gènes et nous survivra de génération en génération, jusqu'au temps lointain où l'humanité aura déménagé pour habiter une planète plus spacieuse, sans hiver, sans été brûlant, où seules les maladies mourront les unes après les autres, alors que les gens ressusciteront avec un corps neuf à chaque fois qu'ils l'auront brisé par inadvertance ou usé à force d'excès, de sénilité, de tristesse.

Au centre du Soleil, dans la clarté absolue, où nous ne doutions pas que de Gaulle venait souvent déjeuner avec Dieu. Loin des guerres et du bourbier de la finance internationale, ils échangeaient des paroles qui sortaient de leur bouche blanches et emplumées comme des anges.

De retour sur terre, nous avons voyagé au-dessus de Marseille, observant la cour du collège, où sous la houlette du pion les élèves disputaient un tournoi de ballon prisonnier. Nous avons posé le pied un instant au milieu du terrain, bloquant des ballons et les renvoyant aux types les plus forts de notre classe qui se révélaient trop chétifs pour rattraper ces boulets lancés par des créatures tombées du paradis, même si elles avaient une vague ressemblance avec des copains absents ce jour-là que la veille encore ils auraient renversés d'une pichenette.

Pénétrant par la fenêtre ouverte, nous avons fait un crochet par le bureau de la directrice. Elle recevait les parents éplorés d'un rejeton qui avait cassé la croûte à la chapelle en vidant le ciboire de toutes ses hosties et en se rafraîchissant au goulot des burettes. Elle a cru à une apparition, nous imaginant morts dans la nuit et revenus à l'état d'âmes damnées, farfelues, dissipées, arrachant sa perruque synthétique tressée fagotée en couronne. Diablotins soufflant à pleins poumons jusqu'à créer un tourbillon qui emportait livres et mobilier, parents et directrice dans les hauteurs, tandis que le pion sifflait outré la fin du tournoi, et sifflait de plus belle pour intimer l'ordre à la réalité de retrouver la raison sous peine de milliers d'heures de colle, de millions de lignes, et de cinq cents milliards de problèmes de géométrie pervers comme des satyres.

Nous l'avons attaqué en piqué, lui arrachant son sifflet, qu'en faisant tournoyer son bras comme une fronde, Gabriel a mis sur orbite dans le silence de l'espace. Il s'est tout à coup recroquevillé, honteux d'avoir perdu son attribut, cette excroissance qui prolongeait sa bouche même la nuit, car on le soupçonnait de dormir avec, sifflant comme d'autres ronflent, croulant sous les plaintes des voisins, réussissant à se brosser les dents et à prendre son petit déjeuner sans se départir de son appendice, le laissant pendouiller sur le bord de ses lèvres comme un mégot.

L'humiliation l'a à ce point racorni, qu'il ne mesurait plus maintenant que vingt ou trente centimètres. Il s'en est allé cuver son opprobre sous le préau, dissimulé derrière trois poubelles métalliques si cabossées et si vieilles qu'elles devaient dater de l'invention des ordures.

La directrice et les parents tournoyaient toujours à la verticale des élèves terrifiés, amusés malgré tout de voir ce trio arrangé en hélice, tels des parachutistes en exhibition pour fêter le Général quand il inaugurait le salon de l'aéronautique, de l'auto, ou posait la première pierre d'une ville nouvelle dont les grands immeubles blancs permettraient de vider les bidonvilles, les anciens sans-abri jouissant alors d'appartements neufs où ils pourraient cuisiner sur des plaques et prendre des bains à gogo.

Nous avons repris de la hauteur, abandonnant notre école, laissant le trio valser et tomber peu à peu comme des feuilles mortes, tandis que le pion reprenait de l'ampleur et quittait son refuge pour siffler entre ses doigts ces fuyards qui rejoignaient le ciel. *runaways*

4

Le secret de l'enfance

Le Vieux-Port brillait au soleil comme si on venait juste de le repeindre. Les pêcheurs rentraient à la voile, suivis par une cohorte de chasseurs d'oursins vêtus de caoutchouc noir qui n'avaient que leurs palmes pour moyen de locomotion. Sur le pont transbordeur qui reliait les deux quais, des maraîchères venues de l'arrière-pays vendaient des légumes rouges et verts, et de l'huile d'olive fruitée, lourde, goûteuse, comme le vin cuit dont on nous donnait un fond de verre avec le gâteau des rois de l'Épiphanie.

Corentin a cru reconnaître sa mère en train d'acheter des courgettes, mais comme elle le croyait en pleine récollection avec le Père Maurin, il a préféré la priver d'une embrassade plutôt que de risquer un retour prématuré à la maison.

urchins

Gabriel avait gagné la mairie, il s'amusait à voleter dans la salle des mariages, arrachant des morceaux au voile de l'épousée, tirant sur le nœud papillon du mari, plongeant dans l'assistance effrayée dont les membres les plus croyants se confessaient mutuellement leurs infidélités dans l'espoir que leur âme paraisse plus blanche lorsque dans un instant ils se présenteraient tout tremblants devant Dieu.

Nous l'avons rejoint. Corentin a pris la place du maire qui courait les couloirs à la recherche de sa garde rapprochée, et il a fait un discours improvisé à la gloire du Général, cette entité qui était la source même de l'humanité, dont nous étions faits, qui nous avait légué pour exister une part de sa substance, de ses atomes, dont les électrons tournaient en nous avec la rapidité d'un derviche, mais malgré tout beaucoup moins vite que sa pensée aux idées plus nombreuses, plus scintillantes encore que les lumières de Noël qui illuminaient la Canebière, la crèche de la Vieille-Charité, et les grands magasins de la rue Saint-Ferréol.

Il nous infusait à son gré l'intelligence dont nous avions besoin, trempant son doigt dans nos cerveaux comme un sachet de thé dans l'eau chaude. Il était à l'origine de la science, des arts, de l'agriculture, du charbon, de l'acier, de la fission, et les médecins guérissaient grâce à son fluide qui irradiait les pilules qu'ils prescrivaient benoîtement sur les conseils intéressés de la secte des labos.

Pytagore lui devait l'hypoténuse, Descartes, le cogito, Le Corbusier, la découverte du béton, Mozart, les notes et la portée sans lesquelles il serait resté un obscur joueur de triangle, Proust lui devait Balzac, et Balzac, Rabelais, qui n'aurait jamais pu éclater de rire en pleine prose comme un ivrogne au fond de l'arrière-salle d'une auberge s'il ne lui avait pas transmis dès l'enfance son sens de la bouffonnerie et de la foire. La Fontaine lui devait le corbeau, Jules Renard, la carotte, les bombes lui devaient l'hydrogène auquel il avait greffé deux atomes d'oxygène pour remplir les mers, et il avait greffé la Lune à la nuit pour résorber une partie de l'obscurité afin de rassurer les poltrons. *cowards*

Ses mains de fée grefferaient bientôt des cœurs pour augmenter l'espérance de vie des cardiaques, des visages pour que les laids séduisent comme des beaux, il grefferait même des jeunes à des vieux afin qu'ils perdent leur hargne face aux idées nouvelles et retrouvent le goût de la subversion. Il libérerait les mœurs jusqu'à permettre le croisement de femmes avec des chats, d'hommes avec des chameaux, d'enfants avec des musaraignes, des poupées, des grelots, des bonbons, des libellules, des tartes, et des chevaux.

Il donnerait son aval pour un brassage des continents, Moscou grimperait au sommet du Mont-Blanc, Mexico tomberait à pieds joints dans la campagne anglaise, Marseille culminerait à New York entre les Twin Towers, et le moment venu les Phocéens héroïques leur serviraient fièrement de bouclier humain.

Rendu frileux par les années, les siècles, les millénaires, de Gaulle s'installerait un jour au centre de la Terre, gouvernant désormais par secousses sismiques et raz-de-marée quand il faudrait gronder la population apathique, ou au contraire dissipée comme une classe de trublions. Pour exprimer sa satisfaction, il propulserait dans l'atmosphère une pluie de jours fériés, d'illuminations, d'orgasmes, d'eurêka, que les foules se disputeraient en piaillant comme des goélands.

Corentin aurait poursuivi son prêche, mais le maire est revenu dans la salle avec des appariteurs éberlués et agressifs, armés d'extincteurs et de chaises. Nous laissant emporter par des courants ascendants, nous avons atteint les hauteurs de la Corniche, survolant les villas disséminées sur les collines.

Nous avons aperçu une ancienne bastide rénovée flanquée d'une piscine. Nous mourions d'envie de nous y baigner, car à l'époque les piscines étaient rares et elles nous semblaient beaucoup plus exotiques que la mer.

— Dommage qu'on ait pas de maillot.

Mais en reprenant de l'altitude, nous nous sommes rendu compte que des maillots taillés dans le rouge du drapeau français venaient de nous pousser à la place de nos frusques. Le Général avait dû accomplir ce miracle textile pour récompenser Corentin de son discours.

Ils ont plongé les premiers, et Gabriel a réussi à faire la piscine sous l'eau. Quant à moi, j'ai effectué trois cents aller-retour avec une invraisemblable désinvolture, sans même éprouver à aucun moment le besoin de remonter à la surface pour reprendre mon souffle. De Gaulle me possédait, comme jadis le Diable les sorcières, mais loin d'être déchu, j'étais transcendé, et mon esprit en ébullition me permettait de résoudre en grec présocratique les sophismes les plus ardus et de prononcer mes sentences sans le moindre accent parasite.

J'ai eu le temps aussi de concevoir dans le détail mes œuvres complètes dont vous lisez un épisode aujourd'hui, alors que je suis peut-être déjà vieillard, macchabée, cendres, même si jamais flambé au bûcher des sorcières. Alors que je voyage sans doute en plein dans mon enfance, éternelle comme une matinée de juillet, si claire, si éclatante, qu'aucune après-midi, aucune nuit ne la suivra jamais. Le temps est bon pour les fous, les montres, les paléontologues, le temps est pédant comme un lévrier afghan, imaginaire comme un souci, je n'y crois pas davantage qu'aux sourires qui s'étiolent, aux caresses qui s'envolent, aux baisers qui s'enfuient comme des voleurs pour échapper à la lueur de l'aube, aux étreintes ankylosées des corps aux désirs depuis longtemps évaporés, à l'amour fugace, incertain, apparu l'espace de l'instant où il a disparu.

Je serai toujours là-bas, l'enfance est un lieu, ce n'est pas une époque.

5

L'éternité sur la plage du Prophète

Gabriel et Corentin n'en revenaient pas, ils m'ont même applaudi. Puis ils se sont ravisés, prétendant qu'il leur arrivait souvent de faire vingt-cinq kilomètres sous l'eau pour revenir de Cassis quand la Gineste était embouteillée.

— Tu vas voir.

— Je vais user la piscine à force de racler le fond.

— On va la laisser toute trouée comme un vieux cageot.

Le Général n'en a pas voulu ainsi, et au lieu de s'enfoncer dans l'eau ils ont glissé sur elle comme sur un lac gelé. Gabriel s'est obstiné à vouloir plonger, mais devenue pareille à une farceuse poêle, la piscine s'est amusée à le faire sauter comme une crêpe. Il a fini par échouer sur un des matelas rayés qui bordaient le bassin, et

change their minds

il a déclaré que cette eau avait une attitude très louche, qu'elle devait être de ma famille, et qu'en tout cas on voyait bien que j'étais son chouchou.

— Je suis le chouchou du Général.

Ma prétention l'a rendu fou. Nous nous sommes battus, la violence de notre lutte nous emportant à l'occasion au-dessus de Notre-Dame-de-la-Garde ou de la Sainte-Victoire. Il m'a fait une prise de judo vers l'Estaque, je lui ai balancé un uppercut à la verticale de Carry-le-Rouet, et craignant que de Gaulle refuse de recevoir des enfants bagarreurs, nous avons décidé de nous réconcilier alors que parvenus à Aix, nous apercevions en bas les fontaines du cours Mirabeau et la terrasse des *Deux Garçons* où les clients prenaient l'apéritif sous des parasols en croquant des pistaches.

Nous avons regagné la villa. Corentin nous attendait en buvant un cocktail de fruits commandé à un maître d'hôtel surgi de la bastide qui l'avait d'abord menacé d'appeler la police. Mais notre ami l'avait impressionné en bondissant jusqu'aux confins de l'atmosphère, avant d'atterrir il avait même arraché la bannière publicitaire d'un avion qui tournait depuis une heure dans le ciel de la ville pour promouvoir une nouvelle marque de pastis.

Prévenant nos désirs, l'homme nous a apporté à nous aussi des boissons ainsi qu'une assiette de biscuits à la noix de coco.

— Merci.

Le maître d'hôtel nous regardait de ses yeux exorbités comme des zooms. Gabriel pensait que son cerveau était creux comme une chambre noire et qu'il nous photographiait. Il vendrait sans doute ses clichés aux journaux, et demain nous ferions la une, exposés en maillot dans tous les kiosques comme des starlettes. On nous proposerait de devenir acteurs, chanteurs, champions de ski, ou même présidents de la République quand le Général partirait en voyage officiel à l'autre bout du monde. Mais auparavant il nous faudrait affronter la colère de nos parents qui savaient bien que le Père Maurin n'aurait jamais organisé une récollection au bord d'une piscine.

Nous avons décidé de le jeter à l'eau, espérant qu'il boirait assez de tasses d'eau chlorée pour endommager la bobine de pellicule qui lui servait d'encéphale. Il a coulé comme une boule de pétanque, et bouche ouverte il a ingurgité d'énormes gorgées qu'il happait avec la boulimie d'une carpe. Jugeant sa chambre noire assez détrempée nous l'avons ramené sur le bord, où il s'est lentement vidé. Puis il est resté étendu sur les malons de terre cuite, immobile comme un gisant.

— Charles de Gaulle.

Il nous a suffi de murmurer l'un après l'autre à son oreille le nom du Général, pour qu'il bâille et revienne à la vie avec l'air enchanté d'un bébé qui après une bonne sieste retrouve en ouvrant les yeux ses peluches et la lumière de l'après-midi tamisée par les persiennes et les stores.

Il s'est étiré, puis s'est ébroué autour du bassin pour essorer sa livrée. Nous nous sommes aperçus à ce moment-là que ce maître d'hôtel que nous avions pris pour un appareil photo, était en réalité un grand chien dressé par ses propriétaires pour le gardiennage et le service à table. Il courait à présent dans le jardin, piétinant les massifs de pétunias, creusant la terre avec ses pattes débarrassées de leurs gants blancs et de leurs souliers vernis.

Il paierait peut-être les dégâts avec ses gages, à moins qu'on lui pardonne, tant on serait ébaubi de constater que malgré les obligations de sa charge il avait su conserver une âme de chiot joueur et espiègle. On lui accorderait son week-end, il en profiterait pour réapprendre à nager afin de pouvoir piquer une tête quand la canicule brûlerait bêtes et gens comme paires de claques.

Nos vêtements nous étaient revenus sans que nous ayons eu la peine de nous changer, nos cheveux étaient secs, peignés, rafraîchis par un coiffeur aux ciseaux silencieux comme la méditation d'un ascète. Nous étions déjà haut dans le ciel, le chien n'était plus qu'un lapin noir, un point qui traçait des figures fantasques entre les pins parasols de la villa voisine.

Les huit cents kilomètres qui nous séparaient de Paris ne nous empêchaient pas de deviner à l'horizon l'Arc de triomphe et un amas de touristes qui suçaient des cornets de glace autour de la flamme. Nous y serions en quelques impulsions de nos corps fulgurants, telles les voix des téléphones voyageant de câble en câble sans aucun souci de la résistance de l'air.

Avant de partir, nous avons eu envie de faire des loopings pour le plaisir de dominer Marseille une dernière fois. Les pêcheurs vidaient leurs cargaisons, et les chasseurs d'oursins épuisés faisaient la sieste sur le quai des Belges sans avoir eu la force de s'extraire de leur combinaison. Sur le pont transbordeur, un montreur d'ours amusait un groupe de badauds et de maraîchères qui avaient abandonné leur étal.

En tournant la tête vers la plage du Prophète nous avons aperçu la silhouette d'un homme solitaire sur un transat, elle nous a attirés comme un bateau dans la tempête un phare. Nous n'avons pas osé pourtant nous en approcher de trop près, car le Général était là dans son corps de jeune capitaine. Il avait sa fille sur ses genoux, une de ces enfants lippues que la génétique a maltraitées.

Elle était morte pendant la guerre, elle reposait sur cette plage d'éternité, radieuse de se sentir à ce point aimée de son père, le seul être au monde à la voir telle qu'elle était sous l'apparence, le déguisement dont un chromosome malveillant l'avait affublée. Son père bouleversé par sa beauté, sa tendresse, qui la regardait comme un cadeau, un joyau, sa victoire la plus magnifique dont il rendait grâce à Dieu à chaque fois qu'il le rencontrait. Il l'avait tant aimée, qu'il restait auprès d'elle dans la mort, au soleil, comme il l'avait si longtemps veillée autrefois à la lueur d'une lampe aveuglée par le morceau de toile qui couvrait l'abat-jour, dans cette chambre londonienne secouée par le blitz. Durant son agonie elle soulevait parfois ses paupières, elle se voyait dans les yeux du Général, s'imaginant une existence de princesse adulée, de danseuse ovationnée, aux idylles innombrables, de femme quotidienne mais à la vie longue, féconde, pleine d'enfants trop gais pour être affectueux, qui rentrent de l'école en balançant cartables et manteaux sur le fauteuil du vestibule et courent jouer dans le jardin au lieu de se jeter dans les bras de leur mère pour l'embrasser.

6

Le centaure de Pompéi

Nous aurions eu honte de les déranger, de briser peut-être leur univers en cherchant à le pénétrer, laissant derrière nous une image en miettes comme un sulfure tombé d'une commode.

Le vent nous emportait, nous survolions déjà Callelongue et peu après nous avons atteint l'Italie dont on distinguait nettement la botte dès les abords de Toulon.

Gabriel aurait aimé visiter Rome, le Vatican, et tournoyer autour du Pape, qui croyant au miracle nous aurait sans doute canonisés. Mais avec Corentin nous redoutions de finir dans une niche, ou pire, débités en menus morceaux et entreposés dans des reliquaires que des bigotes viendraient adorer, renifler, tenter même de toucher avec leurs mains tachées par la moisissure des cryptes où elles tuaient le temps à longueur d'année.

J'ai refusé d'aller à Venise où les gondoliers pagayent en pleurant dans la lagune comme des niais, et Corentin détestait d'avance Florence qu'il imaginait chipie et rapporteuse comme sa sœur puînée. Milan nous rappelait Milou, un cabot toujours hilare, sûrement vichyssois, qui avait dû dans sa jeunesse faire le beau dans le cabinet particulier du maréchal Pétain.

— Alors Padoue.

— Plutôt Gênes.

— Les Pouilles.

À force d'ergoter nous sommes arrivés à Pompéi, où en 1965 quelques contemporains du cataclysme déterrés intacts dans les années trente par des archéologues, vaquaient encore à leurs occupations dans les ruines de leur ancien quartier, bien qu'ils aient beaucoup vieilli depuis leur découverte et qu'ils ne se soient jamais accommodés à la modernité.

Les démocrates-chrétiens leur avaient offert un téléviseur qu'ils craignaient comme un volcan et adoraient, même pendant les dessins animés. Le reste de la journée ils s'occupaient à parler latin, à se donner des coups de cimeterre dans l'enceinte du cirque dont il ne restait plus

pierre sur pierre, et à tanner des peaux en pis-
sant dessus comme des sagouins.

Un guide les montrait à ses clients en leur
expliquant qu'ils avaient malgré tout le mérite
d'exister après presque deux mille ans d'immo-
bilité dans un carcan de lave. Il en avait fallu
des coups de marteau et des aspersions à l'eau
vinaigrée pour les dégager, les nettoyer, sans
compter les trois millions de kilowatts qu'avait
nécessité la remise en route de leur cœur
engourdi. Ces efforts, ces dépenses, ne les empê-
cheraient pas de disparaître à jamais une fois
qu'ils seraient morts de leur belle mort les uns
après les autres, car pareils à certaines espèces en
captivité ils s'avéraient incapables de se reproduire depuis qu'on les avait ressuscités.

Un couple de Pompéiens, qui malgré son
grand âge s'embrassait dans une ruelle, a cru
voir des mânes en nous apercevant. Ils paraissaient furieux, nous prenant sans doute pour
les ectoplasmes d'un trio de jeunes esclaves
qui les avait volés au début de notre ère, ou
dénoncés pour fraude au publicain. Au risque
de se casser le col du fémur, la femme sautait
en l'air pour tenter de nous battre avec sa
canne, tandis que l'homme hurlait des barba-
rismes et nous jetait les pierres d'un muret

effondré. Si nous avions connu leur jargon, nous leur aurions parlé du Général. Alors, ils se seraient prosternés, creusant le sol avec leurs dents pour s'enfoncer sous terre une deuxième fois. Ils le respectaient bien davantage encore que ce téléviseur où ils l'avaient vu cependant plusieurs fois apparaître, mais si rapetissé sur l'écran gris qu'ils ne l'avaient pas reconnu.

La veille de l'éruption, à l'époque sous-lieutenant frais émoulu engagé dans l'armée de Titus pour provoquer quelques siècles plus tard à force de manœuvres et d'actes héroïques la chute de l'Empire romain, chevauchant un pur-sang duquel il semblait surgir comme le buste d'un centaure, de Gaulle prévenu par Dieu dont il était déjà intime, s'était rendu à Pompéi, conseillant aux habitants de s'enfuir s'ils voulaient éviter la mort ou une longue période de captivité dans un cachot de lave où ils étoufferaient comme dans une outre.

Il leur montrait le Vésuve qui fumait déjà, passant d'une maison à l'autre, suppliant qu'on éloigne au moins les femmes enceintes et les jeunes enfants. On lui jetait des injures, et parfois des noyaux d'olive qui tintaient sur son armure pectorale. Certains le menaçaient de crucifixion, seul supplice qu'il redoutait malgré son courage, car il l'aurait vécu comme un blasphème. Il bravait pourtant l'imbécillité des Pompéiens, visitant lupanars et forums, interrompant les transactions des affairistes, les classes des magisters, ne convainquant en définitive qu'une famille de teinturiers qui ont passé la fin du jour à entasser leurs biens sur des bourriques et ont filé au crépuscule alors que les premières fumerolles commençaient à atteindre la ville.

Le futur Général continuait à arpenter les rues, mais niant l'évidence les habitants regardaient par terre, prétendant que le Vésuve n'existait pas, qu'en tout cas depuis des lustres on l'avait démonté et emporté à Rome pour reconstruire le Circus Maximus. Quant à ce brouillard noirâtre qui piquait l'œil, il était dû à une éclipse, à une scène de ménage à l'intérieur d'un ménage divin, après tout ces gens-là avaient bien le droit de se chamailler. Les humains pouvaient se passer de clair de lune l'espace d'une nuit.

Des familles entières commençaient à suffoquer, à mourir, des gamins secouaient les cadavres de leurs parents et couraient terrorisés, perdus dans le labyrinthe obscur de cette cité où ils jouaient la veille encore dans le charroi des chars et des carrioles. À présent, ils trébuchaient sur des corps à l'agonie, se perdaient au bout d'une impasse, pleuraient à chaque fois que leurs poumons aspiraient cet air brûlant qui empestait le soufre.

De Gaulle arpentait ce cimetière en formation où même les plus obstinés commençaient à le croire, à se prosterner devant lui pour qu'il intercède auprès de Jupiter, de Junon, de Bacchus, pour calmer leur courroux, implorer leur pitié, qu'ils s'en prennent plutôt à Carthage, à Misène, aux Barbares, à la Sardaigne, aux peuples dissimulés dans l'inextricable forêt germaine. De ses grands bras dont il se servait comme de tentacules, le futur Général attrapait les gosses désemparés qui passaient à sa portée, les réfugiant sur la croupe de son cheval, les alignant, les installant sur ses épaules, sur sa tête quand la place est venue à manquer. Il arpentait Pompéi, mouroir, miroir de l'Enfer dont Dieu lui avait décrit les horreurs le mois passé.

Il s'alourdissait d'enfants, disparaissait sous leur masse, et avançait toujours avec la volonté d'un personnage historique qu'aucun avatar, aucun obstacle, n'empêchera de traverser le temps jusqu'au jour où il livrera le combat pour lequel, alors qu'il n'était encore qu'un spermatozoïde, il pressentait déjà qu'il était indispensable qu'il existe.

7

Des descendants ingrats et dégénérés

La ville disparaissait sous les cascades de lave. Indifférent, de Gaulle allait son train, mastodonte de mômes, planète d'enfance miraculée, épargnée par les vagues brûlantes qui l'évitaient, déguerpissaient à son approche comme les forces du mal devant l'hostie consacrée brandie par l'exorciseur dans la maison d'un possédé.

La mer se déchaînait, Herculanum trépassait, de Gaulle cheminait vers le nord, fondait à la hâte un village où jusqu'à l'âge adulte les enfants ont été instruits par des prêtres appartenant à une confrérie dont saint Ignace ferait plus tard l'ordre des Jésuites. Il payait les bons pères sur sa solde, entre deux campagnes il venait voir les gamins chargé de miel, de dattes, et de petits jouets en terre cuite qu'il peignait lui-même le soir à la lumière d'une torche.

Ensuite, il a continué à les visiter chaque année, il passait tendrement sa main dans les cheveux de leur progéniture, puis des enfants de leur progéniture, et de la kyrielle de générations qui leur ont succédé. Il rendait à l'occasion la justice, répugnant à faire emprisonner, abandonnant le cœur gros les récidivistes au bourreau quand les mercuriales n'avaient servi à rien.

Au fil des siècles le village s'était mué en mégalopole, mais de Gaulle avait obtenu de Dieu qu'elle ne figure sur aucune carte, principauté autonome qu'on prenait en la survolant pour un désert de rochers, de cailloux, de troncs d'arbres calcinés par les orages, les incendies, datant de l'époque reculée où des pâtres s'aventuraient peut-être dans cette défunte pinède, à la recherche de pignons qu'ils croquaient en buvant du vin rafraîchi dans un ruisseau qui s'est tari sous Napoléon, les Bourbons, ou même les invasions sarrasines et normandes.

Au cours de son premier septennat, le Général se rendait encore parfois là-bas, sans escorte, voyageant incognito par le train jusqu'à Naples, le visage dissimulé aux trois quarts dans sa capote. Puis, marchant seul dans la fraîcheur de la nuit, le bout ferré de son alpenstock résonnant sur toutes les pierres du sentier, s'engouffrant au petit matin par un passage connu de lui seul qui tenait davantage de la métaphysique que de la spéléologie, jusque dans les faubourgs de cette ville qui lui devait sa fondation et peuplée d'une multitude qui lui devait la vie.

La plupart des gens dormaient, mais les bars de nuit demeuraient ouverts et quelques échantillons de leur clientèle en sortaient goutte à goutte, éméchés, les narines blanches, une aiguille à l'occasion oubliée dans une veine de la main, du cou, ou reliée en permanence à une perfusion de narcotiques pendue à un portique à roulettes qu'ils poussaient devant eux comme un déambulateur.

Le Général était triste. Les larmes perlaient aux coins de ses paupières. Il allait droit devant lui, sa tête perchée en haut de son corps immense heurtant parfois les lampes des réverbères.

Les plus matinaux commençaient à sortir des immeubles, leurs visages semblaient avoir été modelés par un sculpteur qui à force d'aigreur aurait pris en grippe l'esthétique. Les yeux étaient plantés dans les pommettes, la bouche flottait sous le menton, le nez se descellait sans cesse comme une pièce rapportée, et ils étaient obligés de le ramasser quand il tombait dans le caniveau.

De Gaulle se demandait pourquoi ils étaient à ce point abîmés, alors que les bambocheurs qu'il avait vus tout à l'heure conservaient au moins l'apparence humaine. Il traversait les places, longeait les avenues, fendant une foule de plus en plus dense d'individus de plus en plus laids, certains traînant leur tête derrière eux comme un boulet, d'autres courant après leur conscience matérialisée par un nuage gris, des nounous innommables traînant dans des poussettes des rejetons liquides au regard exorbité qui surnageaient comme des croûtons.

La foule se faisait poisseuse, visqueuse, le Général luttait en vain pour s'en extraire, on l'escaladait comme un arbre, les uns se perchant sur ses épaules, sa tête portant le poids des autres. Il avançait, mastodonte chargé de la descendance infâme de ces innocents qu'il avait arrachés au bain de lave, planète douloureuse, honteuse, noire de se sentir coupable, car il se reprochait de les avoir négligés pour s'occuper du monde et l'arracher à l'obscurantisme, à la cruauté inhérente à l'état de nature, le trimballant de révolutions en guerres mondiales avec l'abnégation d'un père, d'un Christ, l'opiniâtreté d'un raisonnement mathématique qui va jusqu'au bout de sa démonstration, refusant malgré les écueils de se faire dictateur, axiome imposé aux peuples comme un pronunciamiento.

De Gaulle, théorème, cerveau greffé à l'Histoire qu'il illuminait depuis l'ère glaciaire. Au-delà de l'Histoire, l'avenir lui appartenait encore, comme un bien immobilier dont il ne cesserait d'hériter dans les siècles des siècles, au fil de ses morts, de ses métamorphoses, ne laissant jamais la terre orpheline, restant tapi dans les plis du temps, pour réapparaître le moment venu, sauveteur, majestueux pompier des époques incendiées par la démence de l'humanité.

Le soir tombait, peu à peu la population s'égayait, seuls quelques lambins encombraient encore les épaules du Général. Il faisait sonner son alpenstock sur le bord du trottoir, et ils finissaient par se laisser glisser le long de sa capote et par rentrer chez eux après toute une journée de farniente.

Éprouvé, amer, le Général était pressé de quitter la ville, et sitôt dans la campagne il marchait à grands pas jusqu'à Naples, méditant dans la nuit et l'aurore. Un matin, en prenant place dans son compartiment, il décida d'exiger de Dieu la suppression de ce peuple ingrat. Que même le souvenir de leurs habitations soit désintégré, qu'aucune fouille d'aucun métaphysicien n'en puisse jamais mettre au jour le moindre fragment d'asphalte, et que leur ancien territoire soit rendu aux géographes, au planisphère, aux urbanistes qui pourraient construire un village de cadres, un lunaparc, sur cet espace qui avait servi trop longtemps de refuge à ce peuple devenu si déliquescent qu'il ne méritait plus son indulgence.

En 1971, des propriétaires ravis intégreront les premières villas construites par un promoteur milanais dans ce coin perdu, acheté pour quelques millions de lires, reboisé à la hâte avec des pins importés de Toscane, et relié à Naples par vingt kilomètres d'autoroute extorqués sous la menace au gouvernement.

Depuis, ces maisons ont été détruites et reconstruites plusieurs fois par des entrepreneurs toujours plus incapables, plus forbans, plus complices de l'éphémère.

8

Des résurrections télévisées

Gabriel essayait de faire entendre raison au couple de Pompéiens, mais dans les airs la silhouette du Général se révélait difficile à mimer, quant à son nom, Corentin s'épuisait à le décliner sur le mode de rosa, la rose, qu'il avait entendu réciter par un sixième.

Lorsque j'ai mis un pied au sol devant la femme pour lui permettre de toucher mon corps de vivant, elle s'est réfugiée en poussant des cris au fond du frigidarium d'une maison de patricien en ruine qui faisait l'angle de la ruelle et d'un terrain de fouilles. L'homme était trop épouvanté pour s'enfuir, il demeurait immobile, marmoréen, et pourtant son visage semblait s'effriter comme du sable. Je me suis envolé de crainte qu'il s'effondre terrassé par la peur.

J'ai rejoint Gabriel et Corentin qui avaient

entrepris de visiter la ville, emportés par la brise. Nous nous sommes amusés à effrayer les touristes, tombant sur eux en pluie, et reprenant de l'altitude au dernier moment. Ils étaient trop civilisés pour croire à un au-delà fissuré qui laisserait des âmes s'échapper. Ils nous traitaient d'hallucination collective, même si l'un d'eux nous filmait dans l'espoir d'apporter la preuve de notre absence en projetant une image de ciel bleu à ses amis réunis dans son séjour autour d'un apéritif dînatoire pour entendre le filandreux récit de son voyage.

Le guide s'obstinait à montrer une fresque à ses ouailles, le four d'un boulanger, un habitant encore dans sa gangue, déterré le matin même, qui serait ramené à la vie dans quelques semaines avec un lot de concitoyens découverts depuis le début de l'été. Il avait prévu une visite exceptionnelle le soir, où éclairés par les projecteurs de la RAI, on leur administrerait pour la deuxième fois l'existence.

Les scientifiques se demandaient si la femme qui en était à son neuvième mois de grossesse lors du séisme, accoucherait d'un enfant viable ou d'une poignée de cendre, et si les nouveaux venus s'intégreraient à la population actuelle formée de ressuscités des années trente qui avaient trop vieilli pour qu'ils puissent les reconnaître.

Puis le guide a empaqueté dans de la cellophane des pincées de terre pour que tout le monde puisse rapporter un souvenir, et chacun faisant la queue pour prendre son étrenne, les touristes se sont désintéressés de l'hallucination qui persistait au-dessus de leurs têtes.

Interrompant sa distribution, nous avons arraché le guide au plancher des ruines pour qu'il puisse regarder la cité d'en haut. Dorénavant, imprégné d'une vue aérienne que ses neurones pourraient à leur aise dupliquer, découper, agrandir, au gré de ses pérégrinations, il n'aurait plus à s'embarrasser d'aucun plan.

Mais il gigotait, braillait tant, qu'à travers ses larmes il n'enregistrait qu'une image tremblée, floue comme la mémoire d'un vieux, et nous l'avons reposé doucement à quelques pas des touristes qui profitaient de leur liberté pour gratter le sol avec leurs ongles et s'emplir les poches de terre.

9

Préférer le martyre aux délices

De Gaulle avait été spartiate, grec, romain, et après mûre réflexion il s'était établi à Marseille. Durant plusieurs siècles il avait mûri son projet, ne sortant guère de sa maison de bois perdue dans la campagne où d'après de récentes recherches, se trouverait aujourd'hui le numéro quatre de la rue Marius Jauffret, où j'ai vécu toute mon enfance, où mon père est mort sur le canapé du salon, et où ma mère vit toujours à l'heure où j'écris cette histoire.

Vêtu d'une robe de lin blanc de mai à octobre, portant de la laine le reste de l'année, de Gaulle relisait Platon, les Évangiles, qui à cette époque étaient considérés comme un ouvrage d'avant-garde, et surtout les écrits de César, dont il avait été trois ans l'aide de camp dans ses fantasmes, car il le tenait pour le plus grand stratège depuis Alexandre le Grand.

Afin d'apprendre le français, langue d'avenir mais qui n'existait pas encore, il lisait aussi des passages de *Clémence Picot* et d'*Univers, Univers*, que je lui apportais grâce à un sortilège en me laissant glisser le long du temps. Il avait la faiblesse de reconnaître en moi le plus grand manipulateur de langue française depuis Nicolas Gogol, dont il n'avait fait qu'entendre parler par un cosaque passionné de littérature, rencontré lors d'un déjeuner en petit comité où Dieu pour le divertir avait convié ce soldat qui naîtrait au XIXe siècle et périrait noyé dans la Moskova durant les combats de la Révolution d'octobre.

De Gaulle confondait encore les langues européennes à venir, ces compliments sur mon œuvre étaient, je le pense à présent, de pure courtoisie.

Depuis sa retraite, le futur Général contemplait l'agonie des royaumes mérovingien, carolingien, et la chute de l'empire d'Occident, méditant la France, cette idée de génie qu'il réaliserait à la fin du IXe siècle sous le nom de Charles le Chauve, puis au siècle suivant, d'Hugues Capet, avant de se retirer pour laisser au pays sa liberté, son indépendance, lui qui l'avait sorti du néant.

Il aurait pu dès lors prendre de longues vacances dans une de ces stations balnéaires qu'en prévision de la civilisation des loisirs, Dieu venait de faire construire face à la mer transparente et tiède de l'extrême sud de l'Éden. Mais il entendait l'existence comme un travail, voire une mortification, une expiation de tous les vices, toutes les lâchetés, toutes les bassesses de ces humains dont il voulait partager la condition pour mieux les connaître et les rédimer le moment venu.

Il s'est fait serf dans la Lozère, appartenant à un nobliau avare, cruel, qui affamait les familles qu'il possédait, et faisait bâtonner tout son monde quand la récolte était mauvaise, qu'une de ses fermes était foudroyée, qu'une brebis était morte, que le maréchal-ferrant lui arrachait un ongle incarné.

De Gaulle courbait l'échine, priait sous les coups, puis retournait aux travaux des champs le dos brisé sans une plainte. Pour sauver un jeune garçon qui avait dérobé une poignée de blé dans une grange, il a poussé la charité jusqu'à se dénoncer à sa place. Le maître l'a

Submit

condamné à être écartelé par des bœufs, supplice atroce et lent qui a duré trois jours, tandis que les villageois buvaient, festoyaient, riaient quand ses os craquaient, et s'esclaffaient de plus belle à chaque fois qu'un de ses membres arrachés s'éloignait de son grand corps jusqu'à ce qu'un des bouviers immobilise ses bêtes.

Tant que sa bouche a pu prononcer des paroles, il s'en est servi malgré la souffrance pour pardonner à son juge, à ses bourreaux, à cette foule désaxée. Sa voix de tribun s'élevait au-dessus du tumulte de la macabre fête qui battait son plein autour de son martyre. En mourant, muet depuis plusieurs heures, il pardonnait encore dans l'intimité de sa conscience, rempli de la mansuétude d'un père de famille pour un fils insolent, sournois, pour une fille qui découche, sèche les cours et rêve de relations sexuelles à la terrasse d'un café.

Ses restes étaient demeurés exposés toute une semaine sur la place où il avait rendu son dernier soupir qui était monté dans la nuit telle une bouffée de lumière, éclairant petit à petit la contrée, comme un soleil monté du sol. Mais les villageois ivres morts avaient pris ce prodige pour un épiphénomène de leur soûlographie. D'ailleurs à ce moment-là, oubliant le supplice,

torn apart

ils regardaient bouche bée une jeune veuve traumatisée par le deuil qui après trois cruches de vin dansait dépoitraillée sur une table.

À l'aube ils dormaient tous, entassés les uns sur les autres, pareils à des cadavres à la fin d'une bataille. Le nobliau les a fait réveiller par ses gens avec de l'eau bouillante, les asticotant ensuite comme du grain avec un fléau pour qu'ils rejoignent leur bergerie, leur étable, les champs que le gel durcissait depuis le début du mois de janvier et qu'il les obligeait à labourer à tout propos afin qu'ils soient trop fourbus pour avoir la force de fomenter la moindre jacquerie.

Les restes du futur Général ont été incinérés pour mardi gras, une auréole s'est formée autour du bûcher. Le curé a prétendu en chaire que grâce à la perspicacité du maître, le Malin avait été brûlé.

— Mais il reviendra, il est peut-être né ce matin dans une de vos chaumières, à moins que vous l'ayez conçu cette nuit en forniquant.

Après cette mésaventure, sous la pression de saint Paul, de Gaulle a pris dix années sabbatiques auprès de Dieu. Il était logé dans sa résidence, disposait d'une vaste salle de bains, d'un salon, d'un cabinet de travail, et d'une chambre pourvue d'un mobilier fonctionnel. Il pouvait contempler la terre à sa guise en se penchant à la balustrade de la loggia de sa cuisine où il lui arrivait de faire réchauffer un en-cas, quand fatigué du caquetage de sainte Blandine il n'avait pas envie de descendre au réfectoire.

Du reste, il pouvait passer des mois entiers sans s'alimenter, observant la France, apprenant par cœur ses vallons, ses lacs, ses chemins, décryptant le psychisme des gueux, des bourgeois, des princes, afin de se pénétrer du terroir, de son peuple, pour mieux pouvoir le guider, l'élever, en faire le plus beau fleuron de l'univers, un diamant de cinquante ou soixante millions de carats scintillant au beau milieu de l'Europe qui lui servirait de monture d'or, du monde qui serait son écrin.

Malgré les supplications du Christ qui avait appris à apprécier les bavettes qu'ils taillaient à l'envi quand de Gaulle s'accordait certains dimanches une après-midi de divertissement, au terme de cette décennie de réflexion, il a tenu à regagner ce pays dont il avait tant rêvé et qui sans son intervention serait demeuré un terrain vague où des hordes de vauriens se seraient livrées au massacre, réduisant peu à peu la population à quelques survivants aux cheveux dressés sur la tête, misérables humains à ce point avilis qu'ils auraient appris à courir jusque dans leur sommeil pour échapper aux poursuites de ces assassins devenus monstrueux à force de haine, avec leurs bras comme des rapières et leurs dents longues, affûtées comme des dagues.

10

Dans une fillette

Cette fois, de Gaulle choisit de naître quatrième fils d'un négociant en tissus de Narbonne, aunant les coupons dans la boutique dès l'âge de sept ans. Ses frères le brocardaient car il avait gardé son accent lozérien, son père le rudoyait quand il gâchait la marchandise d'un coup de ciseaux maladroit, sa mère le choyait en cachette et massait avec de la poix les engelures qu'il attrapait l'hiver dans la réserve glacée où il passait des jours entiers à inventorier les livraisons, à les ranger sur de hautes étagères à l'abri des souris et des rats.

À vingt ans, son père le prêta à une parente qui venait de perdre son mari. Il a dû l'aider à tenir son estaminet dans un quartier de Toulouse bousculé si souvent depuis, que ses murs éclatés reposent à présent comme une épave explosée par les lames de fond dans les abîmes du sous-sol de la ville.

Levé à l'aube, couché à minuit, il servait chopes et mazagrans à une clientèle rougeoyante d'ivrognes. Excepté quelques Espagnols en rupture de ban et une poignée de marchands hollandais, ils appartenaient tous au royaume de France. Ils venaient de tout le pays d'Oc, à pied, sur un âne, à cheval, on sait qu'à cette époque les diligences étaient encore rares. Certains arrivaient de plus loin encore, du Berry, de la Bourgogne, de la Bretagne et de la Picardie. Bandits, cadets désargentés cherchant à faire fortune en commerçant, en trichant aux dés, en chantant des fadaises à la sortie des vêpres, s'accompagnant d'un rebec, d'une viole, ou d'un flutiau, entre deux couplets de leur cru dont les rimes boitaient d'ordinaire comme des éclopés.

De Gaulle se lamentait en son for intérieur, tant il se faisait une idée différente des Français. Le cœur gros il les servait pourtant, empochant leur argent après l'avoir mordu par crainte de la fausse monnaie. Quand il y avait du grabuge, il nettoyait la salle du poing, de la galoche, utilisant à l'occasion son crâne pour expulser les derniers impétrants qui rôdaient autour des barriques en espérant une ultime gorgée de gnôle

74

avant de tomber raides devant la cheminée en crachant une gerbe de feu à chaque expiration.

Lorsqu'il se retrouvait seul avec la propriétaire, venait le temps de la comptée, puis elle allait aussitôt serrer le butin du jour dans le coffre de sa chambre. Elle souriait en enlevant sa coiffe, sa collerette, sa robe verte qui sur son corps évasé la faisait ressembler à un sapin. Elle se mettait au lit, ivre sans avoir bu de se sentir plus riche que la veille. De Gaulle l'entendait ronfler tandis qu'il débarrassait les tables, faisait la vaisselle, et passait un balai de verges de bouleau sur le sol en terre battu avant d'aller s'étendre sur une paillasse dans le galetas qui lui était dévolu.

Le matin, les premiers clients le réveillaient avant le jour en lançant des glands sur l'œil-de-bœuf. Ils auraient dépavé la rue s'il ne s'était levé en hâte pour leur ouvrir la porte. Il avait l'impression d'abreuver des cochons, et parfois son travail le mortifiait au point qu'il l'aimait comme une prière, un chemin de croix qu'accomplit joyeux un pénitent nostalgique des premiers temps du christianisme, époque bénie où on pouvait avec enthousiasme donner la pleine mesure de sa foi, en se faisant dévorer par les fauves dans l'allégresse, ou en demeurant extatique, souriant, jusque sur le gril.

Alors qu'il avait déjà dépassé la trentaine, un hiver on lui annonça coup sur coup le décès de son père, de sa mère, et du plus jeune de ses frères. Pour tout héritage lui fut léguée une mare sans tanche ni anguille, et une broche en ferraille qui avait appartenu à une sœur morte à douze ans d'une péritonite. *poor*

La veille de sa mort, son père avait donné à chacun de ses fils des instructions précises quant à leur destinée, l'aîné dirigerait le négoce, les deux suivants le seconderaient, et de Gaulle épouserait la tenancière de l'estaminet trop âgée pour procréer, ce qui apporterait, lorsque le couple ne serait plus, un surcroît d'héritage à ses petits-enfants, ceux éclos, et ceux à naître qu'il imaginait nombreux comme les jours d'un carême.

De Gaulle n'aurait pas nargué Moïse, ni injurié Dieu. Alors il obéit à son père, et demanda sa main à la femme. Croyant à une manigance pour la dépouiller, elle refusa, et le mit dehors à l'instant malgré la pluie froide et le vent. La nuit tombait comme un tombereau de soutanes sur la ville qui luttait chichement contre l'obscurité avec les rares flambeaux des places et les

tenor / anything going on

chandelles parcimonieuses des particuliers dont on apercevait à peine les lueurs en longeant les maisons déjà claquemurées jusqu'au lendemain.

Elle ne lui laissa pas seulement une piécette de cuivre pour acheter un pain, et lui arracha des mains son manteau de laine bise quand il voulut le prendre à la patère.

— Il était à mon mari, je te l'avais prêté.

Au lieu de protester, de réclamer ses gages pour les douze années de travail qu'il lui avait données, de Gaulle est parti sans un mot, utilisant sa pensée comme un goupillon, un rameau de buis, pour la bénir à la manière des parents, des proches, qui aspergent une dernière fois la bière de cet être aimé, disparu trop tôt, même s'il était centenaire depuis plusieurs années.

Sprinkler of holy water

Les soldats patrouillaient, enjoignant aux habitants de dormir, aux derniers volets encore ouverts de se clore. Vêtu d'un vieux pourpoint éculé, sans même ce bâton noueux grâce auquel on distingue le pèlerin du maraud, trempé comme la vasque d'une fontaine, le futur Général avançait tête haute dans la nuit toulousaine.

Il n'a pas tenté de fuir quand il a aperçu la patrouille, ni de se battre alors qu'il aurait pu les mettre en pièces avec son grand corps, matraque vivante, aux bras comme des glaives, aux mains de plomb, aux pieds vastes et durs comme le bronze dans ses sabots ajourés par l'usure, avec au sommet de son cou ce cerveau puissant comme une bombe qu'il aurait pu faire exploser au milieu d'eux, un autre lui repoussant aussitôt plus merveilleux encore.

Légaliste, chrétien, il accepta les coups de manche de hallebarde et les gifles de gantelet. Il se laissa houspiller sans répondre, emporter, traîner comme un lion mort jusqu'au cantonnement. On le dévêtit, on l'enferma nu dans une fillette suspendue à une chaîne, où agonisait un vieillard au corps maigre comme un trait, écorché comme une orange épluchée d'un couteau maladroit, barbe et cheveux lui servant de crasseuse chemise en lambeaux de crin.

De Gaulle humilié sous les risées des soldats, de Gaulle libre dans l'infini de son cerveau où il arpentait les forêts, là ses idées mûrissaient majestueusement comme des chênes, des baobabs dont les cimes chatouillaient la lune à chacune de ses révolutions, dont les racines plongeaient jusqu'à l'inexplicable naissance de Dieu le Père, lui pourtant éternel, jamais conçu, et malgré tout apparu dans le vide quand de Gaulle y musardait déjà.

78

Cette énigme, cet épineux problème de théologie, le Général la résoudrait au début des années 1960, et Dieu ordonnerait à l'instant au Pape de réunir le concile Vatican II afin de bouleverser les articles de foi et de faire ajouter secrètement à l'Ancien Testament un texte préliminaire, aussitôt brûlé pour prévenir les schismes. Ce codicille ferait précéder l'émergence de la Sainte-Trinité d'une zone sans espace ni temps, ces pures conventions que Jahvé avait instaurées pour que les bêtes puissent s'inventer un territoire, et pour que les hommes craignant la mort ne lui rient pas au nez à chacune de ses apparitions. Une zone où seul de Gaulle était, prémonitoire, prophétique. Ces aménagements étant faits, Dieu voua au Général une piété presque filiale, car les règles de la logique tendaient à démontrer qu'il n'en était après tout que le rejeton narcissique et cabochard.

Au matin, les soldats ont promené la fillette dans la ville. Les habitants amusés par ce nouvel encagé s'appliquaient à l'injurier en déversant sur lui tout le fumier des bas-fonds de la langue d'oc, du castillan, et de tous les patois toulousains qui coexistaient à l'époque, certains n'étant pratiqués que dans une ruelle, deux maisons qu'une cave commune, étroite, reliait comme un boyau. Certains n'étaient parlés que dans un hameau de quelques âmes, à l'intérieur d'une seule famille, d'un couple, ou parfois par un individu isolé qui menait l'étrange vie de ceux dont les paroles tombent comme lettre morte dans les oreilles de leurs interlocuteurs exaspérés d'avoir affaire à un fou.

La populace était lassée depuis longtemps du vieillard que la garde avait fini par ne même plus prendre la peine d'exhiber, mais elle ne savait comment pervertir son langage pour se montrer désobligeante à l'endroit du futur Général. Beaucoup reconnaissaient en de Gaulle l'ancien garçon du cabaret, ils auraient voulu qu'il leur soit livré afin de pouvoir le massacrer à leur guise et se venger d'une chope, d'un mazagran rempli avec pingrerie alors qu'ils étaient déjà gris, d'une expulsion, ou d'un refus de boire à crédit pour préserver les intérêts de la patronne qui s'était montrée si cruelle envers ce parent éloigné venu à sa rescousse, quand frappée par le deuil elle consultait sorcières et magiciens pour qu'une brigade de farfadets tire le vin des barriques, serve, éjecte les malotrus, et nettoie la salle, tandis qu'elle dormirait du sommeil béat des cupides exaucés.

De Gaulle répondait aux insultes en exhortant dans tous leurs idiomes ces goujats à prier, à respecter les lois, à s'exercer au maniement des armes en prévision des guerres à venir. Les soldats secouaient la fillette à bout de bras pour le faire taire, et les deux corps valdinguaient entre les parois, se heurtant, s'entremêlant à l'occasion de façon équivoque, si bien que la foule, avec mauvaise foi, perfidie, criait maintenant à l'inversion, au péché mortel, à cette fantaisie affublée à l'époque du nom terrible de crime de sodomie.

La fillette était à ce point malmenée qu'on ne distinguait plus guère les pérégrinations de son contenu. Un observateur sincère aurait pu corroborer les insinuations de la populace, et quand le chapelain de l'église Saint-Sernin, qui n'était encore qu'une ancienne étable aux parois peinturlurées de vierges pataudes, de Christ poupins, de représentations du Saint-Esprit sous forme de volatiles qui ressemblaient à des mouettes, quand il vint à passer pour porter la communion à une dame de qualité dont c'était le remède ordinaire à ses fréquentes migraines, il ordonna aux soldats sous peine d'excommunication de livrer la fillette aux inquisiteurs de passage à Toulouse, afin qu'ils puissent la flamber avec une flopée d'hérétiques de toutes sortes dont l'espèce faisait florès dans la région depuis plusieurs années.

Craignant pour leur salut, les soldats obéirent. Les inquisiteurs dépassés par l'afflux de mécréants dont les cachots de campagne qu'ils transportaient d'une région à l'autre débordaient, entreposèrent la fillette dans une cour de ferme réquisitionnée la veille pour stocker des fagots, sans chercher à en interroger le contenu humain, ne prêtant pas la moindre attention aux épisodes de l'Évangile que de Gaulle récitait d'une voix haute et placide en cananéen.

À la nuit, ils firent jeter la fillette dans le brasier où avaient déjà péri une centaine d'impies depuis le crépuscule, et tandis que de Gaulle en brûlant chantait du grégorien, le vieillard demeuré amorphe jusqu'alors se réveillait au contact du feu et couinait comme un lièvre pris au piège. On ne cessait d'alimenter le feu de mécréants, et même de simples coupeurs de bourses, de femmes soupçonnées d'adultère que leurs maris précipitaient malgré leurs dénégations, leurs crises de larmes et d'hystérie.

Plusieurs mélancoliques sautaient le pas, s'accusant d'avoir péché contre le Créateur par leurs fréquents regrets d'être venus au monde, se reprochant d'avoir été exempts de la joie des purs. Le chapelain bénissait à seaux condamnés, volages et dépressifs, son visage était rougi par la proximité du brasier, ses mains saignaient sous les brûlures, sa robe était roussie, la fumée noircissait ses cordes vocales, et il crachait une inaudible suie quand il voulait absoudre un paroissien au regard déjà charbonneux mais plein de repentir, ou une de ces pauvres femmes qu'à force de confesser trois fois la semaine pour des vétilles, il savait sérieuses jusqu'à la frigidité, et dont les maris s'étaient débarrassés dans cet autodafé afin de pouvoir épouser une jeune cousine, une domestique à peine nubile, ou pour les plus scélérats, une enfant naturelle née quinze ans plus tôt dans une métairie qu'ils possédaient dans les environs.

De Gaulle se consumait avec lenteur, le grégorien qui s'échappait de sa bouche coulait sur son corps douloureux, le rafraîchissant comme la rosée, avant de s'élever au-dessus de la ville et de rejoindre la sainte Famille par les mystérieux conduits du credo. Le vieillard avait brûlé en quelques minutes, s'accrochant à lui jusqu'à son dernier souffle sans cesser de couiner, de pleurer malgré sa maigreur un liquide adipeux, montrant jusque dans le trépas une pusillanimité qui chagrinait le futur Général. Pourtant il se promit d'intercéder en sa faveur, afin qu'après trois siècles de purgatoire où il s'aguerrirait au milieu des flammes comme sur un champ de bataille, il soit admis au Paradis, jouissant dès lors de la vision de Dieu au même titre qu'un croisé, qu'une mère morte en couches sans maudire son homme après une vingtaine de grossesses menées à terme dans les nausées, la douleur, tout en travaillant avec son ventre lourd comme une bête de somme, au même titre qu'un enfant mort sous les coups d'un parâtre en récitant le *Je vous salue Marie* avec cette candeur, cette certitude d'être exaucé, cette innocence qui plaisent à Dieu.

De Gaulle avait encore assez de corps pour chanter. S'il l'avait voulu, il aurait pu décider de stopper sa combustion, et sous les premiers rayons du jour quitter le bûcher d'un pas désinvolte pour prêcher le repentir aux Toulousains éberlués. Ils l'auraient adoré comme une idole, le portant en triomphe par les rues, détruisant Saint-Sernin et enterrant tout vif le chapelain dans une fosse pour se venger de cette religion dont ils nieraient désormais la transcendance.

Ils seraient devenus un troupeau de païens qui auraient tôt fait de contaminer la région, le royaume, les duchés limitrophes, l'Europe tout entière, et les bateaux auraient emporté leur idolâtrie par les mers, les îles, obligeant les peuples à l'embrasser, massacrant sans pitié ceux qui voudraient rester fidèles à leurs cultes ancestraux, leurs rites telluriques, leurs totems polychromes.

On les immolerait dans leurs villages perdus dans les montagnes, sur les plages, les vagues rouges de leur sang éclaboussant les goélettes amarrées dans la baie, emportant le souvenir de la boucherie dans tout l'archipel, les pêcheurs n'osant plus jeter leur filet à l'eau de crainte d'attraper des poissons à tête d'homme, aux blessures profondes, effrayantes comme les entailles écarlates des masques de guerre. Des poissons qui mourraient sans doute sitôt dans leur pirogue en les fixant d'un regard furieux d'ancêtre outragé rencontré dans un songe.

Par piété de Gaulle préféra éviter à la planète cette hérésie meurtrière qui aurait été menée en son nom, car elle aurait empêché l'expansion du catholicisme, contrarié Dieu, et vexé les saints, tous un peu suffisants, fats, se vantant volontiers d'avoir accompli des miracles et répandu la vraie foi avec la force d'une catapulte.

Il mourut deux heures après minuit alors que l'aurore était encore loin, son chant persista quelque temps, mais de plus en plus affaibli. On le confondait avec le crépitement des braises.

À l'instant il fut auprès de Dieu, qui tout en le félicitant pour son nouveau martyre, le tança sur un ton badin de sembler prendre goût à la vulgarité de l'existence terrestre. De Gaulle lui fit observer qu'il était de son devoir d'expérimenter la condition humaine, il accepta cependant de séjourner trois siècles dans le logement qu'on tenait à sa disposition.

Rien n'avait été déplacé durant son absence, seul saint Bernard était demeuré là sept semaines pour rédiger une notule à l'écart de la communauté des bienheureux et de ses confrères qui caquetaient parfois comme un poulailler. Après son séjour un ange était passé, il avait tout épousseté d'un coup d'aile et remis le moindre objet à sa place par l'opération du Saint-Esprit.

De Gaulle s'installa aussitôt à son poste

d'observation, voyant défiler des générations de
rois, de gentilshommes, de manants, les blâ-
mant souvent pour leurs excès, leur manque
de résolution, les aimant toujours de cet amour
entêté de louve pour sa portée.

11

Une triste éducation athée

De Gaulle naquit à nouveau sous Louis XV, dans une famille de bourgeois nantais qui devaient leur fortune à la traite des Noirs. Retirés depuis vingt ans dans le Dijonnais, ils se piquaient de gastronomie, s'entouraient volontiers de cuisiniers éloquents qui commentaient chaque mets en le comparant à une peinture italienne du siècle précédent, d'œnologues, et d'intellectuels gourmets, tel le jeune Brillat-Savarin qui séjourna chez eux l'espace d'un hiver. Ils visitaient leurs vignobles, se gargarisant des crus, puis les recrachant avec un air entendu en opinant du bonnet.

Auparavant, ils avaient eu trois filles. Le futur Général, héritier présomptif, ne fut pas confié à une nourrice, mais élevé dans leur château, une bâtisse prétentieuse, surchargée de statues d'éphèbes et de nymphes pachydermiques ou trop maigres, tant ils avaient manqué de goût dans le choix des sculpteurs, pour la plupart d'anciens maçons reconvertis dans l'art afin d'échapper aux affres des chantiers exposés au froid, aux frimas, à la chaleur excessive des étés bourguignons.

L'enfant était choyé, dès quatre ans un précepteur lui enseigna les rudiments du latin, un maître d'armes lui apprit à manier l'épée. Plus tard il fut nourri de grec, de vieux français, de sciences, et aussi de philosophie par un pochard aux yeux rougis par les cuites, alors que les parents du futur Général l'imaginaient chaque nuit en proie à l'insomnie des penseurs aux aguets, à l'affût d'un concept nouveau resté jusqu'alors inconnu des hommes comme une planète trop éloignée, trop obscure pour luire au fond de la lorgnette de l'astronome le plus obstiné.

De Gaulle souffrait d'être éduqué loin de la religion. On avait même pas cru bon de le faire baptiser dans la chapelle du château qui servait d'arrière-cuisine aux communs, les valets se débarrassant des plats sur l'autel après chaque service, et rinçant à l'occasion les verres dans le grand bénitier de marbre quand les éviers étaient trop encombrés. Pour ne pas choquer les siens, il souffrait en silence, s'interdisant de fréquenter en cachette les prêtres, de prier dans l'intimité de sa conscience, ou entre deux rêves laïcs dans son sommeil où nul mortel n'aurait pu le surprendre.

À vingt ans, ses parents lui achetèrent un domaine distant de chez eux de trois à quatre lieues. Après maintes démarches, ils obtinrent le décret royal qui lui permit de porter le titre de baron attaché à ces terres. Louis XV n'était plus depuis des lustres, Louis XVI régnait mal, ne régnait plus, sa tête tombait ainsi que beaucoup d'autres, la Terreur à présent tranchait à tour de bras, exterminant les nobles, décimant au hasard jusqu'à mon aïeul, humble quincaillier dans un faubourg de Marseille.

De Gaulle aurait pu choisir de s'enfuir avec ses parents et ses sœurs via Bordeaux en Angleterre, il décida au contraire de monter à Paris, de parler haut dans les cafés, condamnant les crimes de Marat, Robespierre, Danton, commis au nom d'une révolution pourtant nécessaire, puisque sous peu la décadence de l'Ancien Régime aurait amené la France à la partition de son territoire. Elle serait devenue alors la proie des puissances étrangères qui auraient annexé

91

une à une toutes nos provinces, les dissolvant dans le creuset de leurs civilisations, allant bientôt jusqu'à leur imposer leurs langues, jusqu'à les enrôler dans leurs armées pour sauver une patrie qui ne serait pas leur mère.

Il souffrait de voir crouler cet événement vertueux sous le poids des cadavres, même s'il n'était pas contre un usage modéré de la guillotine, les condamnés auxquels il refuserait sa grâce un siècle et demi plus tard pourraient en témoigner à l'heure du coup de l'étrier.

Dénoncé par un mouchard, on l'arrêta rue de Buci tandis qu'il haranguait devant le café *Procope* un groupe de badauds impressionnés par son éloquence et ses idées séditieuses. On les emmena avec lui, en guise de procès on les installa ensemble dans la charrette. Place de la Révolution, devant un public clairsemé, ils furent ficelés sur la bascule par Samson qui leur ôta la vie.

De Gaulle périt bâillonné, car peu impressionné par le macabre décorum il persistait à argumenter, aussi à l'aise sur l'échafaud qu'un mondain mollement enfoncé dans les coussins d'une bergère, à l'heure du chocolat, des tartelettes aux fruits de saison, dans le salon d'une femme savante dont le mari presque idiot assure le service avec la maladresse d'un poisson.

gagged

12

De la schizophrénie de Jésus

Dieu dîna avec de Gaulle le soir même. Cette révolution si peu chrétienne le préoccupait, il ne comptait plus les âmes des prêtres exécutés, elles encombraient l'entrée du Paradis, le Purgatoire était au bord de la congestion.

— Quant à l'Enfer.

Dieu eut un fin sourire, puis il se rembrunit, tant il était soucieux, la fille aînée de l'Église lui apparaissait soudain sous les traits peinturlurés d'une affreuse putain. De Gaulle s'emporta, bien sûr ces frasques étaient regrettables, et il les avait publiquement dénoncées. D'ailleurs pour lui faire payer son audace, on lui avait fait subir la décollation, traitement désagréable appliqué sans aucune délicatesse par un rustre.

— Demandez à saint Jean-Baptiste s'il en conserve un si bon souvenir.

Mais la France était encore adolescente, elle jetait sa gourme, tranchait des cous comme un jeune homme déchire son drap quand la puberté bat trop fort dans ses veines. Les morts s'oublient, l'Histoire les absorbe par millions, par milliards, comme une terre meuble et grasse l'infinité des gouttes d'une averse, d'un orage, d'une année de pluie fine, dans ces contrées qui ne voient le soleil qu'une fois par siècle, nombre de générations s'éteignant sans l'avoir jamais vu. Demain la France serait adulte, elle canaliserait son énergie, ses impulsions, ses fautes de jeunesse seraient écrasées sous le poids de son génie telle une poignée de poux.

— Sans doute, sans doute.

Dieu regrettait déjà d'avoir péché contre l'espérance. Il assura de Gaulle de son sincère repentir et le supplia de l'absoudre. De Gaulle accepta, mais en guise de pénitence il lui imposa de renvoyer son fils sur terre derechef, et cette fois dans une famille stéphanoise trop pauvre pour le nourrir. À sept ans il embrasserait la condition de jeune ouvrier dans une de ces usines qui seraient bientôt légion dans toute l'Europe, il trépasserait à seize ans de phtisie dans l'anonymat d'une salle commune. Le Christ connaîtrait la condition humaine jus-

94

qu'au squelette, des chiens déterreraient ses os plusieurs années après sa mort et les rongeraient avant de les lâcher çà et là au milieu des décombres d'un couvent démoli pour agrandir la ville.

— Merci.

Dieu pleurait, reconnaissant d'avoir été absout en échange d'un gage si léger.

Jésus fut convoqué. Enchanté de rendre service à son père, il accepta sa mission avec allégresse. Il fut conçu à l'instant dans l'utérus d'une certaine Yvonne Mannier, avant de naître sept mois plus tard minuscule, quasi-mort, ressuscité par des claques portées à son derrière, alors que d'une main ferme on le tenait pendu par les pieds au-dessus de sa mère épuisée.

Ensuite, sa vie s'est déroulée selon le plan du futur Général, et afin que la pénitence soit tout à fait effective, il crut pendant toute son existence n'être rien d'autre que l'affreux Mathieu Mannier, défiguré par un érysipèle qui mangeait son menton et ses joues. Il lui arrivait même dans le froid humide de l'atelier, et plus tard à l'hôpital où un bataillon de religieuses impuissantes s'agitaient comme des rongeurs, d'invoquer le Christ sans penser une seconde qu'il se laissait aller de la sorte à la schizophrénie.

Tandis que se déroulait la pénitence de Dieu, de Gaulle contemplait la France au point qu'il en était les villes, les campagnes, le moindre village. Il était parcouru de routes, de chemins, de sentiers escarpés. Il était littoral, ports de mer, fluviaux, lacs, eaux territoriales. Il était le moindre citoyen bien davantage que le malheureux qui s'imaginait vivre sa vie, il était neige, orgueilleuses montagnes, humbles collines, dunes usées par le vent, il était le bois, la sève de chaque arbre perdu au milieu des forêts, solitaire dans le jardin du rentier, ou planté comme un poteau dans les rues des cités. Il était les rayons du jour, de la lune, et même les atomes de la nuit quand elle est noire comme la bakélite des téléphones de l'ancien temps.

Ainsi, au cours de cette période, la France était à la fois ancrée dans l'ouest de l'Europe, et malgré les secousses provoquées par les guerres napoléoniennes, immobile, éternelle dans l'au-delà. De Gaulle ne perdait plus son temps comme autrefois à fréquenter la cohorte des saints, tout à sa méditation c'est à peine s'il accordait à Dieu de rares entrevues, quand de longues années durant il l'avait accablé de supplications par l'entremise d'un archange servile.

13

Sous la botte de Flaubert

En 1823, de Gaulle naquit une avant-dernière fois à Mantes sous le nom de Louis Bouilhet. Son père était chapelier, il mourut d'une pneumonie le jour où l'enfant s'apprêtait à fêter ses sept ans. Le commerce fut vendu, sa mère put acheter une maison de ville qui comportait une grande salle au rez-de-chaussée où elle faisait de la musique le mardi et le vendredi, en compagnie de péronnelles qui jouaient faux en regardant le plafond avec l'air inspiré des poètes romantiques dont l'époque était saturée, comme le cake qu'elle leur proposait pour les requinquer après leur affligeante session l'était de raisins secs et de griottes confites.

Une rente providentielle héritée de son père six semaines avant son veuvage lui permettait de tenir son rang petit-bourgeois, et plus tard elle put envoyer Louis au collège. Il y devint la proie du jeune Gustave Flaubert, son aîné de dix-huit mois, qui en fit son souffre-douleur. À voix basse durant l'étude, en gueulant pendant les récréations où il empêchait le gamin de jouer, au réfectoire entre deux bouchées d'un odieux ragoût, jusque dans le dortoir en cachette du surveillant assoupi dans son box, il lui infligeait la lecture de textes enflammés, ineptes, gorgés de coïtariums luxueux comme des cathédrales, de guerriers en armure d'or incrustée de perles, de rubis, d'émeraudes, de lapis-lazulis, de petites filles vêtues du pagne diamanté des courtisanes impubères destinées aux plaisirs répugnants de leurs maîtres qui les avaient achetées encore bébés à des marchands perchés sur des dromadaires, ou les avaient cueillies eux-mêmes nuitamment dans une ruelle comme des fruits verts.

À force de subir ces séances de lecture, le jeune Louis se mit à boiter, tant le futur Général qui était en lui criait son dégoût, sa haine, de cette prose dépravée. *limp*

Quand il eut atteint l'âge de vingt ans, Gustave voulut l'entraîner dans un voyage en Orient, où sous couvert de visiter les vestiges de civilisations disparues, il entamait avec son com-

plice Maxime Du Camp une course échevelée
après l'orgasme. Louis refusa de les suivre,
d'ailleurs la rente de sa mère avait fondu, et il
en était réduit à gagner sa vie.

Il travailla chez un notaire, mais dès son
retour Flaubert lui imposa de longues années de
collaboration, l'obligeant à écouter les interminables versions de *Madame Bovary* qu'il rédi-
geait avec une lenteur morbide, surchargeant
son manuscrit de ratures et de repentirs que sa
plume sécrétait comme un escargot la bave. *bave à trail*

Il était périodiquement convoqué à Croisset,
propriété située près de Rouen où Flaubert se
pavanait devant une cheminée immense où
flambait jour et nuit la moitié d'un chêne, dans
un bureau long comme une barge dont les
fenêtres donnaient sur la Seine, que certains
soirs ivre de cidre, il prenait pour le Nil. Là, il
contraignait Bouilhet à remanier le plan de ce
roman dont l'immoralité le scandalisait, dont la
pauvreté, l'empotement du style, l'humiliaient
pour la France déjà affectée par la politique de
Napoléon III qui, il le savait bien, s'achèverait
par l'envahissement du pays par les Prussiens et
le bain de sang de la Commune.

Non content de lui imposer la reconstruction
de son pauvre livre, Flaubert terrorisait le futur

demian

Général pour qu'ils s'avilissent de concert, qu'il en soit réduit lui aussi à être cloué jour après jour au pilori de la syntaxe, à subir le supplice du vocabulaire, car le mot juste se dérobe, s'échappe, on le poursuit des jours entiers comme une escouade de flics un meurtrier en cavale, on le cherche comme le Graal jusqu'à l'Orient du verbe, et pour que son tourment soit plus épouvantable encore, il l'encourageait à écrire en vers, la métrique et la rime se chargeant d'user sa joie de vivre, de le désespérer, de l'entraîner dans ce pandémonium où le langage enchaîné pied à pied chante beau comme une cigale aux yeux crevés par la pointe du canif d'un enfant pervers, désœuvré, dans la touffeur d'une campagne aux ruisseaux asséchés.

De Gaulle porta la croix du drame, de la tragédie, hué par le public, méprisé par les directeurs de salle, renvoyé par le notaire, réduit à vivre avec sa mère des quelques piastres que lui envoyait parfois Flaubert en échange de travaux de recherche en bibliothèque, de rangement d'archives quand il lui imposait un trimestre de cohabitation à Croisset, de réécriture de contes recopiés dans des almanachs du XVIIIᵉ, ou d'écriture pure et simple de gros romans sur Carthage, sur les amours d'un bachelier avec une femme mariée, sur les recherches imbéciles de deux retraités en quête d'un savoir qui leur tombait aussitôt du cerveau comme l'eau d'un arrosoir, d'une idée de génie qu'ils coursaient dans la nuit, tels deux fous qui cherchent à capturer dans un bocal un feu follet aperçu dans la cour de l'asile, d'une science exacte, universelle, qui serve à dénombrer les cheveux des crânes d'une foule, à cirer les nuages jusqu'à les faire miroiter comme des bottes neuves quand le temps est trop gris, à guérir, à espérer. Sans compter la rédaction d'un volume blasphématoire sur saint Antoine. Cette tâche mortifia particulièrement de Gaulle qui l'avait fréquenté là-haut où ils avaient parfois bavardé en copains.

Flaubert publiait, Flaubert paradait au Louvre, faisant les yeux doux à l'impératrice Eugénie qui s'amusait de lui comme d'un bichon. Il se prenait certains jours pour un authentique écrivain, un artiste, et il couvrait de son mépris tous ces littérateurs loqueteux qui publiaient articles et feuilletons dans la presse pour éviter aux leurs de crever de faim.

Quand il mourut, on oublia Flaubert comme un mauvais souvenir, alors que la postérité vengea Louis Bouilhet avec fureur. Ses *Mémoires de guerre, ses Mémoires d'espoir*, sont aujourd'hui considérées comme des chefs-d'œuvre indépassables, même par des peuplades encore inconnues des anthropologues qui vivent perchées dans les hauteurs de la forêt amazonienne comme des oiseaux. Les livres écrits ensuite de par le monde ne sont que de bien modestes bras de mer qui puisent leur eau dans ce vaste océan.

14

Une vie de lâche

De Gaulle naquit une dernière fois dans le nord de la France vers 1890, mais certains prétendent que dès 1880 il courait déjà après son cerceau dans un square de Lille, de Roubaix, de Béthune, peut-être même plus au sud, à Chartres, dans le Limousin ou la Beauce.

Son père avait débuté dans l'existence à l'état de domestique, mais à vingt-cinq ans il était majordome, on l'engageait dans de riches familles qui exploitaient des mines de charbon, des fabriques de pâte à papier, des manufactures de cotonnade, et il avait fini sa carrière à Glasgow chez un lord.

Il se retira avec un petit magot à cinquante-trois ans, épousant une jeune contremaîtresse d'atelier de confection, union arrangée par une marieuse qu'il était allé voir à son retour d'Écosse.

Charles naquit l'année suivante, fils unique, admiré, chéri. Contrairement aux usages de l'époque, il fut couvé, et son père exigeait qu'on cède à tous ses caprices. Il renvoya sur l'heure une repasseuse qui poussée à bout par les farces du gamin, s'était permise de lui donner une tape sur la joue. Plus tard, corrompus par des victuailles ou de l'argent liquide, les maîtres d'école redressaient ses notes quand elles tombaient au-dessous de onze, et punissaient un autre garnement à sa place s'il était insolent ou cassait un carreau en envoyant rageusement son soulier dans une fenêtre quand il s'ennuyait en écoutant ânonner par un condisciple l'interminable liste des départements et de leurs chefs-lieux.

Il échoua au certificat d'études, mais son père enrichi par des spéculations sur le cours du café, du sucre et du cacao, soudoya le ministre de l'Éducation et Charles fut reçu bachelier avec mention, et intégra Saint-Cyr dont il sortit major. Lorsque éclata la guerre de 1914, un jeune paysan scrofuleux, réformé, engagé volontaire à la suite d'un deuxième passage devant le conseil de révision grâce à un pot-de-vin versé au sous-préfet qui le supervisait, mourut à sa place dans le bourbier du Chemin des Dames en échange de mille francs or et d'une lanterne magique dont il rêvait depuis son enfance, tandis que de Gaulle pantouflait à Madrid dans les bureaux d'une banque d'affaires, portant beau dans les bals, vêtu de son grand uniforme coupé par un tailleur du faubourg Saint-Honoré.

Après guerre, il sympathisa avec le maréchal Pétain au Jockey Club dont ils étaient membres tous les deux, poussant la déférence envers le vainqueur de Verdun jusqu'à donner son prénom à son fils. De Gaulle fut même son nègre, lui rédigeant plusieurs ouvrages qu'il signa de son glorieux patronyme pour entretenir son image de vieux guerrier, bien qu'il n'ait que des idées basiques, souvent niaises comme ces plaisanteries de corps de garde qui n'amusent guère que les soldats.

Ils se brouillèrent dans les années 1930 à la suite d'une dispute dans les salons du *One Two Two* au sujet de Picasso qu'ils détestaient tous les deux, mais de Gaulle pas au point d'aller le débusquer dans son atelier en pleine nuit pour l'exécuter attaché à son chevalet de douze balles dans le dos.

— Il est peut-être armé.

— De Gaulle, vous êtes une couille molle.

— Je vous l'accorde.

De Gaulle leva le camp, car l'autre haussait le ton et il redoutait un scandale. Pétain le poursuivit jusque sur le trottoir de la rue de Provence sous l'œil réprobateur de la maîtresse des lieux.

Dès le lendemain, il reçut la visite des témoins du Maréchal qui le provoquait en duel. Certes, le vieillard tremblait quelque peu et voyait flou au travers du voile de la cataracte. Craignant d'être blessé malgré tout, de Gaulle quitta Paris le jour même.

Il voyagea, couchant dans les soutes de cargos hideux pour ne pas figurer sur la liste des passagers, séjournant dans des pensions de dernière catégorie, des bouges, des bordels où il rasait les murs de peur d'être reconnu par un émissaire du Maréchal lancé à sa recherche depuis de longs mois, ou par un de ses amis en voyage d'agrément venu ici purger ses sens pour le prix d'une bouffée de Havane.

Il avait été radié des cadres de l'armée, son épouse vivait cependant largement du patrimoine qu'avait laissé son père à sa mort. Soirées et sauteries se succédaient dans les salons de l'hôtel particulier de l'avenue Victor-Hugo. La bride sur le cou, elle avait même engagé un masseur à demeure, tant la danse et l'amour la courbaturaient. *aching*

De Gaulle se plaignait qu'elle ne réponde pas à ses lettres, en outre elle ne lui envoyait que de pingres mandats espacés entre lesquels il en était réduit à chiper sur les marchés et à tendre la main à la sortie des mosquées. Il désespérait. Le ventre creux, il rêvait certaines nuits qu'il se pendait à un minaret.

Il décida de rentrer en France, mais le jour de son embarquement éclatait la Seconde Guerre mondiale. Il eut peur que le Maréchal en profite pour assouvir sa vengeance, l'affectant en première ligne dans l'infanterie et lui faisant rire au nez par son ordonnance quand il lui proposerait de payer sur sa bourse une décurie de jeunes gens trop maigres pour le service, mais teigneux, agressifs, et avides de mourir à sa place en échange d'assez d'argent pour offrir un kiosque à leurs parents qui les avaient élevés à la force du poignet.

Alors il émigra en Australie, mais prétextant le prix exorbitant de la viande et des fromages qu'elle était maintenant obligée d'envoyer acheter en Normandie par une de ses caméristes, son épouse ne lui envoya plus un kopeck. Pour la première fois de son existence déjà longue, il accepta de travailler. Il servit dans un grand restaurant de Sydney où on lui pardonnait sa gaucherie au nom de son anglais piteux qui sentait Paris.

Trois semaines après son engagement, il s'en allait un soir en courant avec la recette de la journée. Il comptait sur ses interminables jambes pour semer la police. Une heure plus tard, il était au poste, menotté, larmoyant, accusant le patron du restaurant de lui avoir intimé l'ordre de le voler afin d'escroquer sa compagnie d'assurances. Il resta en prison jusqu'en mai 1944, renseignant les gardiens pour une tranche de rôti, haï par les autres détenus dont certains ont été exécutés à la suite de ses bavardages.

Une fois libéré, il envoya une demande au ministère de l'Intérieur pour obtenir la nationalité australienne et devenir mouchard. Mais le pays se passait très bien de repris de justice, et de toute façon sa haute taille l'aurait fait repérer des filous. On l'expulsa, il fut rendu à la France en pleine épuration. On dit qu'un soir on lui fit partager la cellule de Pétain, afin qu'au fil d'une de ces conversations de prisonniers qui s'éternisent jusqu'au matin, il lui soutire des renseignements précis sur le nid d'aigle où Hitler s'était réfugié en compagnie de sa garde rapprochée et de cette Eva Braun qui faisait fantasmer Churchill comme un puceau.

Les Alliés croyaient à tort que le Maréchal avait passé là-bas de nombreux week-ends de travail, et que par forfanterie Hitler lui avait fait visiter jusqu'au moindre souterrain, comme un propriétaire le cellier de la villa qu'il vient d'acquérir pour une bouchée de pain lors d'une vente aux enchères à la bougie.

Réputé déserteur, soupçonné d'espionnage pour le compte du Reich, terrorisé, de Gaulle raconta à la cour toute la vérité, s'attardant sur le détail le plus insignifiant de son exécrable vie. Les magistrats pouffaient, même l'avocat commis d'office qui s'employait à le défendre demanda une interruption de séance pour aller s'esclaffer à son aise et rafraîchir sous l'eau froide son visage pourpre d'avoir trop ri.

Quand les débats reprirent, de Gaulle fut condamné à mort.

— Pitié.

— Emmenez-le.

Trois policiers, résistants de la dernière heure, ayant dénoncé durant toute l'Occupation leurs collègues qui avertissaient les familles avant les nuits de rafle, s'emparèrent de lui, long bonhomme au nez comme une trompe qui tentait de se débattre et ne faisait que trembler comme un oisillon.

Ramené dans sa cellule, de Gaulle trouva la force vers le matin d'écrire un mot à sa femme pour la supplier d'intervenir auprès de ses relations afin d'obtenir sa grâce, et de lui faire parvenir un peu d'argent pour cantiner.

Il ne l'avait plus revue depuis près de quinze ans. Elle avait refusé malgré ses demandes répétées de lui offrir les services d'un ténor du barreau, prétextant dans le français approximatif de son cuisinier eurasien à qui elle confiait la rédaction de son courrier destiné aux fournisseurs et aux parents pauvres, qu'elle ne dilapiderait jamais pour sauver un pleutre.

Marchant de long en large dans sa cellule de condamné à mort, il attendit en vain une réponse. Le cuisinier était sans doute indisposé, ou trop occupé pour griffonner la moindre lettre.

Une semaine après le verdict, de Gaulle connut la guillotine pour la deuxième fois. Tandis qu'on le ficelait, il dénonçait en sanglotant les horreurs commises par ses camarades de détention qui n'avaient été condamnés qu'à la prison à vie, espérant qu'en récompense de son civisme le comité d'épuration lui accorderait un sursis jusqu'à Noël, la Toussaint, jusqu'au lendemain, afin de pouvoir respirer encore toute une journée, toute une nuit, de devenir assez fou pour imaginer que la mort reculerait au dernier moment, le couperet tombant avec la lenteur d'une plume, ou même s'envolant avec l'indolence d'une montgolfière avant d'effleurer son cou.

Ce 19 octobre 1944, la journée s'annonçait radieuse. Il était cinq heures trente et une du matin, lorsque sa tête barbouillée de larmes tomba dans le panier de son.

Quand on rendit son corps aux siens des années plus tard, ils refusèrent de le faire inhumer dans leur caveau. Pour loger ses restes, ils achetèrent une concession bon marché dans un cimetière mal famé où on inhumait aussi parfois des animaux de compagnie. Aujourd'hui encore, on peut lire sur la tombe étriquée où il repose la tête sur l'estomac, CI-GÎT CHARLES DE GAULLE, TRAÎTRE, MORT EN LÂCHE. Ses descendants prennent un soin haineux à faire rafraîchir l'épitaphe par un marbrier quand les intempéries et le soleil l'ont usée jusqu'à la rendre indéchiffrable.

Bien sûr, cette vie de Charles de Gaulle est apocryphe. Seuls certains historiens la rapportent à titre de curiosité. Une pareille fable rappelle singulièrement l'Évangile de Joachim de Thiars, écrit vers la fin du Ve siècle, qui faisait de Jésus un espion au service d'Hérode, un bandit tuant à l'occasion pour une bourse, violant sans remords jusqu'à sa marmaille, et mort empalé à soixante-quatorze ans dans la campagne toscane par des complices qu'il avait grugés.

15

La bibliothèque des analphabètes

Quand Louis Bouilhet rendit l'âme, de Gaulle retrouva l'au-delà avec soulagement. Auprès de Dieu il ne risquait guère de croiser des romanciers, le Saint-Esprit exécrait ces gens qui cherchaient avec angoisse l'inspiration, comme si les chrétiens n'avaient pas assez de la messe et des sacrements pour s'élever au-dessus des athées et des bêtes.

De Gaulle avait cruellement manqué à Dieu durant son incursion terrestre, il avait donné des ordres pour que sitôt calanché Flaubert flambe jusqu'à la fin des temps.

— Peu m'importe.

— En tout cas, cette incarnation a dû vous dégoûter de la France.

Un froncement de sourcil suffit à Dieu pour prendre conscience de la gravité du blasphème qu'il venait de proférer. Il s'agenouilla, mais cette fois le futur Général lui donna son absolution sans lui infliger la moindre pénitence. Il était trop impatient de retrouver son poste d'observation sur la loggia de sa cuisine pour perdre son temps à attendre le Christ. Afin d'expier les paroles sacrilèges de son père, il l'aurait envoyé cette fois en Touraine mener pendant vingt-cinq ans la vie d'un âne ou d'un cheval de trait, il aurait ainsi pu constater à quel point leur sort est douloureux, parfois bien davantage que celui d'un galérien, d'un phtisique, ou d'un crucifié.

Il demeura penché à la rambarde pendant dix-sept ans. La France montait en lui, elle circulait dans ses veines, ses artères, son cœur la pulsait, et elle retombait ici-bas où elle se reformait plus pure, régénérée, plus belle, plus héroïque, sans que le moindre coup de canon ait été tiré.

Le mouvement était rapide, fulgurant, comme l'intuition soudaine d'un physicien. La France ne tremblait ni ne connaissait de soubresauts, mais à chaque instant l'herbe était plus verte, l'eau plus limpide, et ses habitants devenaient si intelligents que même les analphabètes assimilaient le contenu d'une bibliothèque en

illiterates

posant simplement leur main sur la poignée de la porte vitrée de la grande salle, où les livres étaient classés sur des rayonnages cloisonnés par des employés tatillons qui semblaient être sortis des presses en même temps que les plus anciens volumes.

Avant de naître pour la dernière fois, le futur Général ordonna à Dieu d'abandonner le monde à son sort pendant neuf mois et cinquante années, peut-être cinquante-cinq si les vents ne lui étaient pas favorables. Il ne devait se laisser attendrir ni par les massacres ni par la survenue d'une nouvelle barbarie, dont il aurait interdit la pratique au fin fond de l'Enfer.

— Mais, pourquoi.
— Il faut que mon destin s'accomplisse.
— Vous m'effrayez.
— Mon heure a sonné.

Ces propos sont rapportés par saint Gaétan qui à cette époque venait à peine d'être canonisé pour des faits qui relevaient pour la plupart d'une mythomanie maladive. On peut donc douter que cette conversation soit authentique.

En revanche, il est certain que de Gaulle naquit à Lille en 1890.

16

Guérilla en Abyssinie

Les parents du futur Général, un couple d'instituteurs vêtus de noir toute l'année, n'ont eu qu'un rapport au cours de leur existence, ils en baptisèrent le fruit Charles. Pour l'aguerrir on le privait de tétées pendant deux ou trois jours, puis en six heures il devait avaler des litres de lait glacé ou presque bouillant sans crier, geindre, ou tomber malade.

Il a été propre dès sa naissance. On le tenait à heures fixes au-dessus de la cuvette, et il s'exécutait tandis qu'une clepsydre mesurait goutte à goutte trente parcimonieuses secondes, puis quinze seulement quand il eut atteint ses trois mois.

Pour son premier anniversaire, on lui offrit un jouet, une sorte de gros boulon en fonte qu'il faisait rouler tant bien que mal pour se distraire et qui la nuit lui servait de peluche.

Sa mère intégra l'enfant dans sa classe dès sa troisième année. Il assimilait lettres et chiffres avec l'avidité des chiens qui dévorent leur pâtée.

L'été, on l'envoyait en villégiature chez des mineurs de fond. Il était encore petit, il se faufilait avec une lanterne dans les galeries trop étroites pour laisser passer un adulte. Son père était ravi qu'il reçoive par inadvertance un coup de barre à mine, ou essuie à l'occasion un coup de grisou. Il était fier quand on le lui ramenait à la mi-septembre noirci et saignant sur un brancard. Il allait à l'école dès la semaine suivante, apprenant, récitant, régurgitant à la demande des manuels entiers lors des interrogations écrites et des compositions trimestrielles.

Il sautait des classes sans cesse, comme un train pressé de parvenir au terminus se garde de desservir les petites villes et les bourgades intermédiaires. À neuf ans, il réussissait son baccalauréat. À dix, il intégrait Saint-Cyr.

Le 14 juillet 1902, les Parisiens attendris ont pu voir ce galopin coiffé de son shako surmonté d'une plume de casoar défiler sur les Champs-Élysées avec les gaillards de sa promotion qui loin de le moquer, en avaient fait leur mascotte dont ils se servaient quand ils chahutaient dans les chambrées comme d'un polochon supplémentaire.

De Gaulle aurait mené la vie lumineuse des jeunes officiers, que les familles les plus huppées, les plus titrées, recevaient dans le but à peine dissimulé de leur fourguer une fille et d'avoir pour gendre un brillant sujet appartenant à l'élite de la nation, mais il était loin d'avoir atteint l'âge de sa majorité, et ses parents désireux de lui mettre du plomb dans la tête envoyèrent une requête au ministère de la Guerre pour qu'il soit expédié en Abyssinie, où depuis un an quelques irréductibles Italiens menaient une guérilla désespérée contre Ménélik II qui les avait pourtant écrasés à Adoua en 1896. Le ministère, d'abord éberlué par l'étrangeté de la requête, finit par leur céder et envoya là-bas de Gaulle en guise de cadeau au roi d'Italie.

Après des semaines d'un épuisant voyage, le futur Général arriva sur les lieux des hostilités. Dès le lendemain il subit son baptême du feu, puis les combats se succédèrent sans discontinuer. Sa conduite fut d'autant plus héroïque qu'il montait à l'assaut sans fusil, les Italiens ayant refusé malgré ses protestations de confier une arme à un <u>môme</u>. Dans ses lettres à sa famille, il disait la fierté qu'il éprouvait à servir de cible, bien qu'il ait le cœur gros de ne pas disposer d'une arme, même blanche et courte, quand les balles sifflaient autour de lui. Il décrivait ses blessures, les projectiles étaient devenus si nombreux dans sa carcasse que le major lassé ne prenait plus la peine de les extraire. Il endurait parfois plusieurs jours de convalescence forcée, mais dès qu'il pouvait marcher, il retournait s'exposer à la mitraille.

Le temps passait, il était à présent un <u>loustic</u> de vingt ans, qui malgré les épreuves avait eu assez de volonté pour grandir jusqu'à atteindre les deux mètres dix. Il enrageait car ses supérieurs le considéraient encore comme le gamin qu'ils avaient vu arriver coiffé de ce shako trop grand pour lui qui englobait sa tête comme une cloche. Il allait toujours au feu désarmé, immense comme un golem, les bras ballants, tombant le premier, furieux de mordre la poussière, rêvant du pauvre <u>mousquet</u> dont son père le menaçait jadis quand durant le dîner un peu de potage perlait aux commissures de ses lèvres.

Lorsque la guerre de 1914 éclata, de Gaulle demanda à être intégré dans l'armée française. Le désordre régnait dans les états-majors, sa lettre se perdit. À partir de janvier 1915, il écrivit chaque jour, mais les cuirassés du Kaiser croisaient jusque sur la mer Rouge, et les navires marchands restaient à quai. Le courrier était brûlé chaque soir pour alimenter les feux de joie qu'allumaient les marins désœuvrés, ivres de cet alcool de bois qui rend fou.

Le futur Général continuait à mener un combat perdu d'avance, loin de ses compatriotes qui perdaient la vue, des membres, la vie, pour sauver des arpents, des millimètres de France, même s'il s'agissait parfois d'une terre ingrate, laide, dépourvue de charme jusqu'au mauvais goût, impossible à labourer et trop pentue pour qu'on puisse y bâtir une usine. Il avait beau offrir sa poitrine aux balles des Abyssins, rien ne le consolait, et quand par hasard un déserteur réfugié à Addis-Abeba lui parlait de l'enfer de Verdun, il en rêvait des mois entiers comme d'un camp de vacances.

Il s'imaginait montant à l'assaut à la tête d'une poignée de soldats dopés à l'eau-de-vie, des paysans frustes, maniant le fusil comme une fourche, et enfonçant la baïonnette dans le sol comme le soc d'une charrue lorsque les munitions viendraient à leur manquer. Ils mourraient pour la France par brassées, et deux heures plus tard le futur Général monterait de nouveau avec une palanquée d'autres jeunes gens, si fiers de périr qu'ils en seraient hilares et se tireraient dessus, pareils à des collégiens bienheureux qui se bombardent de boules de neige en sortant de la chapelle.

De Gaulle aurait pu mener à la mort des millions d'individus tirés d'une population ordinaire de mâles destinés à mourir dans cette guerre depuis leur naissance, mais il était dispensé de trépas, il était nécessaire à l'Histoire, sans lui elle se serait arrêtée net en 1939, telle une route au ras d'une falaise, certains peuples disparaissant tout à fait, même si une partie de l'espèce aurait sans doute continué à se reproduire au fond du précipice à la façon des rats qui grouillent dans les égouts.

En juin 1918, un bateau s'aventura le long des côtes éthiopiennes. Il balança par-dessus bord un sac de courrier comme une bouteille à la mer, qu'on retrouva par miracle trois jours plus tard sur une plage. Le 15 juillet, la feuille de route du futur Général arrivait au camp italien. Son passé de saint-cyrien n'avait pas pesé lourd, comparant sa date de naissance à l'année de sa promotion, on avait pensé à une erreur, et on lui enjoignait de rejoindre sous huitaine comme deuxième classe l'armée de Foch dont la contre-offensive battait son plein dans la glaise champenoise.

Il n'arriva à son poste qu'à la fin du mois de septembre, acceptant sans aigreur sa condition subalterne, trépignant de bonheur à l'idée que désormais on lui confierait un fusil. Il passa en conseil de guerre, car on lui avait envoyé soixante-trois feuilles de route depuis le début du conflit. Avant de s'égarer, elles avaient transité par le domicile de ses parents, la France ayant oublié qu'elle l'avait envoyé sur un front exotique.

Ses juges trouvèrent si obscure son histoire de guérilla abyssine, qu'ils le condamnèrent à être attaché aux avant-postes, afin qu'il meure sous les giclées des lance-flammes géants dont l'armée allemande faisait un usage quotidien depuis janvier 1916. Durant quarante jours de Gaulle brûla sans se calciner, sans mot dire, en héros furibond de voir toute cette valetaille manier fusils et grenades, alors qu'il en était réduit à assister impuissant à la victoire.

Dans la liesse qui suivit l'armistice, il fut gracié. On le logea quinze jours dans une caserne où il put recommencer à s'alimenter, et gratter toute cette peau brûlée qui l'enrobait comme le chocolat une cerise trempée dans un bain de tablettes fondues. Quand il se présenta chez ses parents, ils le chassèrent, tant ils craignaient le regard des voisins qui avaient perdu les leurs au cours de ces quatre années de massacres.

De Gaulle connut alors une période d'errance. Il restait honnête toutefois, peignant des enseignes pour des commerçants qui le payaient d'un repas, de deux pommes de terre bouillies, ou d'une croûte de pain que leurs enfants avaient déjà mordue. Il récupérait des bouteilles vides pour encaisser le prix de la consigne, ramassait sur d'anciens champs de bataille des culasses d'obus qu'il vendait au prix du cuivre, promenait les clébards des riches pour le privilège de partager leur écuelle, noyait les chats en échange d'une prise de tabac.

L'été il dormait dehors sur un sol herbeux qui lui semblait souple comme un matelas de laine, l'hiver il passait ses nuits à marcher d'un bon pas pour éviter de mourir de froid. Il avait la France en tête, elle marchait avec lui lovée dans son cerveau, la buée qui s'échappait de ses lèvres réchauffait le pays tout entier qui dormait d'un sommeil plus serein, propice aux rêves de grandeur, et doux comme le sang qui perle au genou de l'enfant tombé de son tricycle qu'il lèche du bout de la langue comme du miel.

Paternés par cet homme qui les sauverait de l'horreur et les arracherait comme une dent gâtée à leur médiocrité endémique, les Français goûtaient un repos bienfaisant, illuminé malgré l'obscurité qui régnait dans les chambres, comme la plage du Prophète où il souriait à jamais à sa fille.

En 1921, de Gaulle effectua chaque matin de menus travaux chez une vieille Quimperoise qui l'hébergeait dans une chambrette. Il en profita pour rédiger son apologie qu'il envoya au président de la République en vue d'obtenir sa réhabilitation. Il donna une adresse poste restante dans un village côtier où des pêcheurs lui confiaient régulièrement leurs filets pour qu'il les ravaude, le payant d'un panier de sardines ou de tourteaux trop étiques pour être vendus.

Un mois plus tard, une lettre l'attendait dans le petit bureau à l'unique guichet de bois ciré qu'un receveur venait à moto tenir deux matinées par semaine. À la suite d'une enquête approfondie et d'un étrange calcul, le ministère admettait qu'étant un authentique saint-cyrien, il pouvait prétendre au rang d'officier, mais qu'ayant déserté quatre années durant, il méritait l'opprobre. Si l'on soustrayait l'un à l'autre, il en résultait qu'il avait de plein droit sa place dans l'armée au grade de caporal.

17

Des fleurs un peu lourdes

Le 25 mars 1921, de Gaulle intégra le troisième régiment d'infanterie basé à Limoges. En 1923 il était déjà adjudant-chef, en 1925 on le nommait lieutenant à Strasbourg, l'année suivante on l'appelait capitaine, et deux ans plus tard il faisait partie de ces colonels qu'on apercevait, le dimanche, à la veille des années 1930, au bras des plus belles femmes, sur le boulevard Saint-Germain, sortant de la messe, quand ils n'étaient pas mariés et pères d'enfants triés sur le volet que leur enviaient les bourgeois traînant leurs mioches, turbulents, moches, pourvus de l'intelligence rudimentaire des machines à coudre, des pompes à bière, des bruyants moteurs de De Dion-Bouton qui filaient en tressautant sur les pavés, prétentieuses comme des autruches.

kiddies

Le 20 février 1931, de Gaulle publiait à compte d'auteur un livre de prédictions sous forme d'historiettes, assez grivoises pour séduire le grand public, et pourtant suffisamment codées pour permettre aux lettrés d'en extraire la moelle dès la première lecture. Il y prévoyait la montée du nazisme, l'Anschluss, et s'inquiétait que dans le nord de l'Allemagne de vastes terres agricoles aient été acquises massivement ces derniers temps par des prête-noms, et aussitôt encloses de barbelés électrifiés, tandis que des compagnies privées construisaient des lignes de chemins de fer pour desservir ces no man's land aux confins du pays.

L'ouvrage se vendit si bien, qu'au bout de quelques mois de Gaulle put s'offrir l'imprimerie qui en assurait la fabrication, et dont certains ouvriers étaient déjà morts à la tâche pour éviter les ruptures de stock. Ce furent d'abord les classes populaires qui se gobergèrent de ses récits, puis l'intelligentsia française leur emboîta le pas, et en définitive les hommes politiques s'en emparèrent à leur tour. Le Parlement en fit à dix-neuf reprises son ordre du jour, le pays tout entier vécut dans la crainte d'une guerre plus terrible encore que celle de 14-18. Il y eut des émeutes dans le Gers, Paris se souleva, l'Alsace menaçait le gouvernement de se réfugier dans le Bordelais, et la Lorraine envisageait d'émigrer en Afrique.

Pour calmer les esprits le colonel de Gaulle fut promu général, et chaque soir il s'époumonait au micro de Radio Paris pour rassurer ce peuple sans courage auquel pour la première fois il regrettait d'appartenir. Le 30 janvier 1933, Adolf Hitler prit le pouvoir en Allemagne. Pleinement conscient du danger, le Conseil des ministres décida en hâte de nommer de Gaulle maréchal de France et chef des armées. Il refusa le bâton de maréchal, mais à sa demande on révisa la constitution, et au début de l'année suivante, il fut élu président de la République au suffrage universel. Seul Georges Cluges, un vieux radical-socialiste, osa se présenter contre lui. Il récolta moins de mille quatre cents voix.

Après une période de grâce qui dura dix-huit mois, plusieurs folliculaires lui reprochèrent son absentéisme, car il désertait l'Élysée pour surveiller les travaux de sa maison de Colombey. Il aimait souper en compagnie de son épouse, de couples étrangers dont il se moquait, invitant à l'occasion Mistinguett, Maurice Chevalier, ou Sacha Guitry qui récitait en pleurnichant des tirades de *L'Aiglon* entre le plateau de fromages et la bombe glacée à la vanille.

Il se réveillait à midi. Après un rapport sexuel, un bain chaud, il déjeunait en uniforme vers treize heures trente d'une omelette au lard et de bourgogne. Les nouvelles alarmantes qui venaient d'Allemagne semblaient l'indifférer, il s'intéressait davantage au music-hall, allant voir chaque soir Joséphine Baker au Lido, la saluant dans sa loge après le spectacle avec autant d'égards que si elle avait été un savant ou un chef d'État.

Les voyages officiels lui répugnaient, il envoyait à sa place son fils à peine adolescent dont la voix en train de muer provoquait des fous rires dûment consignés dans les comptes rendus de la Société des Nations. La France était la risée de l'Europe, du monde, et un astronaute en orbite autour de la Terre aurait pu distinguer sans peine notre patrie, tache rouge de honte sur la planète bleue.

En outre, de Gaulle refusait d'augmenter le budget de l'armée. Quand l'état-major lui faisait remarquer que nous manquions de chars, d'avions, d'une flotte moderne, il évoquait la ligne Maginot en faisant sauter le bouchon d'un magnum de Dom Pérignon.

— Mais, mon général, s'ils la contournent.

— L'Histoire est un jeu de casino.

En 1938, Hitler annexa l'Autriche. De Gaulle partit un mois en cure à Vittel, laissant les pleins pouvoirs à son fils qui changea de Premier ministre à deux reprises, signa les accords de Munich, et fit fusiller un condisciple de Louis-le-Grand qui l'avait bousculé dans un couloir.

À son retour, le Général apprit qu'il s'était déniaisé dans la chambre présidentielle. Il lui fit raser le crâne par son chef de cabinet, et l'envoya à Dunkerque accomplir son service dans la marine.

Le 30 septembre 1939, de Gaulle était allé siffler Charles Trenet dans un café-concert de la Rive gauche, car malgré plusieurs descentes de police il s'obstinait à porter le même prénom que lui. Tandis que Piaf, qui assurait la première partie du spectacle, chantait en souffrant comme une parturiente une chanson de Pills et Talbet légère comme une bulle, il quitta précipitamment son fauteuil d'orchestre pour regagner l'Élysée en toute hâte.

Aussitôt, il convoqua son ministre de la Guerre, un ancien juge de paix un peu fantasque qu'il avait nommé par dérision. Sous ses yeux ébahis, il rédigea vingt-cinq pages d'ordres sans aucune rature, assortis de cartes dessinées à main levée.

— Air, terre, mer.

— Je vous demande pardon, monsieur le Président.

— Attaque à l'aube, transmettez par télégraphe.

Au cours de ces années de présidence laxiste, de Gaulle avait attendu que se lève le vent brûlant de l'Histoire qui souffle à travers les siècles de demi-dieux en imperators, d'empereurs en rois des rois, de monarques absolus en humble Lillois. Jadis ce vent avait soufflé sur Alexandre, Léonidas, Napoléon, grands hommes quelques jours au cours de leur vie et noceurs le reste du temps.

Et ce soir-là, alors qu'il s'alanguissait en imaginant la jeune Piaf dans le corps et le costume de bain d'une adolescente aperçue l'été précédent sur la plage de Saint-Jean-de-Luz, le vent de l'Histoire l'avait enflammé soudain. Son cerveau avait connu une illumination si intense que son crâne était devenu incandescent, l'os n'offrant pas une barrière suffisante pour empêcher les scories d'incendier les chapeaux des élégantes, et de flamber les cravates des hommes comme des homards. Mais en définitive, après le départ du Général, demeura à peine un peu de fumée, vite dissipée, qui ne nécessita même pas l'intervention du pompier de service. Piaf put reprendre sa chanson sous les halos des projecteurs comme si rien ne s'était passé.

À six heures trente, l'aviation française bombarda Berlin. Elle concentra ses efforts sur la Chancellerie.

Hitler avait passé la nuit enfermé dans son bureau avec Albert Speer, son architecte officiel, et sans doute son seul ami depuis qu'à sa demande la Gestapo avait fait disparaître tous les autres. Ensemble, ils avaient redessiné la capitale du Reich, déjà immense, mais Hitler la voulait gigantesque, haute, curetée de ces bâtiments mal venus, courts sur pattes, et tarabiscotés comme des infirmes. Nuit de plaisir, de volupté, pour ces deux êtres aux rêves de pierre.

Vers cinq heures, épuisés, ils avaient gagné les appartements privés du Führer. Ils s'étaient allongés au centre d'une chambre qui s'étendait sur près d'une acre, pièce encombrée des statues de Speer, aux murs recouverts de drapeaux à croix gammée, de tableaux représentant des forêts, des montagnes, des cluses. Ils occupaient de vastes lits jumeaux, ils se contemplaient avec une sorte de tendresse minérale, de celles qui rapprochent les cailloux dans l'eau glacée des torrents. Puis, ils s'étaient endormis d'un sommeil de plomb.

Quand il était en conférence avec Speer, la garde rapprochée du Führer avait ordre de ne le déranger sous aucun prétexte. Même Himmler n'aurait pas osé enfreindre cette consigne. Ils furent réveillés par le bruit des déflagrations. Hitler appela, personne ne l'entendit, et déjà le téléphone intérieur ne fonctionnait plus. Le souffle d'une explosion emporta les quarante-quatre fenêtres de la chambre. Par réflexe Speer recula, il se mit sous la protection d'une statue d'athlète.

Hitler avait la mèche en bataille, il était en chemise, il ressemblait à un gamin tiré du lit. Il enjamba les décombres. Dans la cour intérieure, la défense antiaérienne commençait à répliquer par des tirs sporadiques. Il fixa avec arrogance les avions dans le ciel bleu saphir. L'Histoire le narguait, il briserait l'Histoire. Il injuriait les bombes, comme la veille encore il avait agoni Martin Bormann avant de le jeter hors de son

134

bureau comme un laquais. Peut-être insulta-t-il aussi celle qui un instant plus tard le pulvérisa.

Le Duce apprit dès huit heures la mort du Führer, et il s'enfuit aussitôt. On le retrouva en 1959 près d'un village perdu dans les Apennins où depuis vingt ans il vivait terré dans une bergerie.

Décapitée, l'Allemagne se rendit à midi en protestant du bout des lèvres contre cette attaque surprise en contradiction avec le droit international, puisqu'elle était survenue en l'absence de toute déclaration de guerre. On libéra les camps de concentration, les industriels qui avaient participé à leur construction furent passés par les armes, tout autant que Goering, Rommel, la clique des autres dignitaires nazis qui avaient survécu, ainsi que la totalité de la chefferie SS.

Le 4 octobre, l'armée de terre occupait tout le territoire germanique, l'Italie, et le nord de la Pologne. Quant à la flotte, elle faisait route vers l'Empire soviétique.

Cette guerre éclair avait surpris Staline alors qu'il était en vacances avec sa famille au palais Vorontsov, une de ses résidences d'été sur le bord de la mer Noire. Au lieu de déclencher une contre-offensive, ou au moins de mettre toutes ses troupes en état d'alerte, il avait immédiatement fait fusiller son chef d'état-major, et d'heure en heure l'élite de ses officiers supérieurs. Apeuré, il passait son temps au téléphone, harcelant Roosevelt et Churchill pour qu'ils acceptent de conclure une alliance afin de pouvoir prendre les forces françaises en tenaille.

Il songea même à s'enfuir, moustache rasée, sur un rafiot, abandonnant les siens à la bienveillance des Occidentaux. Il ne regagna Moscou que le 6 octobre, les troupes françaises étaient déjà à Minsk, nos marins débarquaient à Stalingrad, l'aviation allemande, à présent sous les ordres du Général, déversait sur la capitale des tonnes de bombes incendiaires de jour comme de nuit.

Staline ne quittait pas l'abri confortable, véritable datcha, qu'il s'était fait construire sous le Kremlin dès son accession au pouvoir. Il était entouré de médecins et de commissaires politiques qu'il faisait exécuter les uns après les autres au gré de ses crises de paranoïa. En l'absence d'ordres, infanterie, marine, et aviation s'étaient laissé détruire sans oser répliquer.

pincers

Le 13 octobre, Staline convoqua Nikita Khrouchtchev, pourtant simple commissaire politique, et lui remit tous les pouvoirs, non sans lui donner l'ordre formel d'empêcher toute action des restes de l'Armée rouge dont il se méfiait comme d'un gendre. Le soir, il avala six comprimés de barbiturique, fermement décidé à mettre de la sorte un terme définitif à sa carrière de vivant.

Khrouchtchev signa la reddition de l'URSS le surlendemain. On libéra les goulags dès la semaine suivante, la nomenklatura fut exécutée dans la foulée, y compris Khrouchtchev aux doigts encore tachés par l'encre du stylo qui lui avait servi à apposer son paraphe.

À la fin du mois, lors d'une tournée triomphale, le Général défilait dans les rues de Berlin, de Varsovie, de Moscou, acclamé par une population reconnaissante d'avoir été arrachée à l'oppression, à l'horreur présente, et à celle plus terrible encore qu'il avait éconduite avant qu'elle fasse son entrée dans l'Histoire. Les hommes sacrifiaient leur pelisse afin que sa voiture ne foule pas la boue, les femmes lui jetaient leurs bijoux comme des fleurs dorées, un peu lourdes.

Au lieu de mourir, Staline se réveilla après plusieurs jours de coma dans un avion militaire. Il fut interné à Paris, prison de la Santé. Une année entière, on lui infligea matin et soir des cours de français. Souvent, il était réveillé au milieu de la nuit par un gardien pour réviser une conjugaison mal apprise.

En janvier 1941, une équipe des actualités cinématographiques vint le filmer. Son français était parfait, il avait toutefois un léger accent franc-comtois, car son professeur était originaire de Besançon. Face à la caméra, il dut s'excuser d'avoir pactisé avec Berlin, s'accuser d'avoir hâté la mort de Lénine, et reconnaître que la classe ouvrière l'avait toujours écœuré à l'égal du bortch dont enfant déjà il ne pouvait laper la moindre cuillerée sans rendre. Pendant plus de vingt ans, le Général obligea les cinémas à diffuser cet enregistrement avant le grand film, afin, pensait-il, d'empêcher la propagation du marxisme.

Staline fut exécuté le lendemain du tournage par un jeune appelé dont la main tremblait, et qui s'y reprit à deux fois pour lui tirer une balle dans la nuque.

On dit aussi qu'il fut épargné au dernier moment, qu'il passa le reste de sa vie dans le même coron où le Général allait enfant passer l'été, et qu'après quinze ans de travail dans la poussière de charbon, il mourut de la silicose. Durant son agonie, il fut soigné avec dévouement par une famille qui le logeait dans la chambre de leur fils, décédé adolescent d'une fièvre typhoïde contractée lors d'un séjour en altitude organisé l'été 1936 par les Jeunesses communistes.

18

Une amitié amoureuse

À présent, l'Europe était la France jusqu'aux frontières de la Chine. Craignant un débarquement sur leurs côtes, les États-Unis construisirent un mur de Miami à Boston dont le coût exorbitant greva leur budget jusqu'au milieu des années 1950. Quant à l'Angleterre, de Gaulle l'avait annexée sans coup férir en 1943. Et la reine s'était excusée du peu d'empressement de Churchill à reconnaître sur les ondes de la BBC que l'Empire britannique n'était plus.

Dès 1949, le français fut déclaré langue officielle. Des professeurs de Cambridge renâclèrent à brûler Shakespeare, Allemands et Suédois brûlèrent Goethe et Ibsen sans mot dire, c'est tout juste s'il y eut une vague de protestations quand on incinéra l'œuvre de Pouchkine à Saint-Pétersbourg sur un char de carnaval qui éclaira majestueusement la perspective Nevski aux prises avec une tempête de neige. Quelques fous, sans doute échappés des romans de Dostoïevski qu'on ne brûla que le mois suivant, se jetèrent pourtant dans le brasier, s'appliquant eux-mêmes la peine de mort que leur geste désespéré leur aurait valu de toute façon.

Une fois la France étendue, la paix solidement établie, de Gaulle abandonna la présidence à son fils et retourna à ses plaisirs. Il s'initia au ski, à la voile, il fit de longs séjours en forêt où des bûcherons lui apprirent à couper des arbres, à dormir dans des cabanes, à vivre de charcuterie et de vin rouge. Il eut aussi une brève amitié amoureuse avec un jeune braconnier à qui il offrit en guise de cadeau de rupture le ministère des Anciens Combattants.

Au printemps, il se roulait dans les prés avec délice, comme dans un corps à corps avec cette patrie qu'il avait sauvée, avec cette Europe qu'il avait mise au pas pour dix ou vingt siècles, cette Europe qui avait perdu son nom, dont les frontières avaient fondu, dont les langues seraient bientôt mortes, décomposées dans les sépulcres où reposeraient les vieillards qui s'en seraient servis une dernière fois avant de mourir devant leurs enfants ahuris, car ils auraient pris les ultimes paroles de leurs parents pour des borborygmes.

En février 1960, de Gaulle sanctionna son fils pour un rhume qui l'obligeait à se moucher en public. Il l'exila à Toulon, où malgré ses trente-huit ans il fut enrôlé dans un commando de nageurs de combat jusqu'à la soixantaine. Le Général nomma à sa place un oiseleur, mais le pépiement des canaris dont il s'entourait couvrait la voix du perroquet qui récitait ses discours. Il le congédia, il décida que lui seul gouvernerait désormais cette France à ce point énorme que si la technologie de l'époque l'avait permis, elle aurait pu s'échapper du globe et former une planète indépendante à l'abri des invasions et du tourisme qu'il considérait comme un vecteur d'infections et de cultures parasites.

En 1962, il fit un voyage officiel en Bulgarie. Au retour, il s'attarda en Suisse pour annoncer aux Genevois qu'il privait leur ville de nom jusqu'à nouvel ordre, en revanche toutes les rues de Berne devraient être débaptisées dans l'année et s'appeler Genève. En 1963, un aller-retour à Rome lui permit de renvoyer le Pape et de le remplacer par le jeune curé d'un village du

Rouergue qui lui jura fidélité avant qu'il lui passe lui-même l'anneau papal à l'annulaire.

Depuis mars 1964, épuisé par une crise cardiaque dont il réchappa de justesse, il ne quittait plus l'Élysée. Il se levait à quatorze heures. Après un massage et une douche que lui donnait son infirmière, il buvait un bol de café et mangeait une biscotte beurrée. À seize heures, on le promenait dans le parc, s'il pleuvait on faisait rouler sa chaise autour des orangers du jardin d'hiver, et puis c'était la sieste.

De dix-huit heures à vingt heures, il somnolait dans son bureau face au Premier ministre, un de ces pêcheurs qui lui donnaient autrefois des filets à ravauder, et qui menait aujourd'hui la France comme une barque. À vingt heures, il aimait se voir au journal télévisé dans des images d'archives où il paradait. Il prenait ensuite son seul vrai repas de la journée composé de viande hachée, de riz, et d'une paire de yaourts.

À vingt et une heures trente, son infirmière l'avait couché et il dormait déjà en marmonnant dans son sommeil parsemé de rêves jaune et vert comme les pilules que lui prescrivait son cardiologue pour prévenir un nouvel infarctus.

19

Un dîner au *Succulent Détour*

Gabriel s'attardait, il n'en finissait pas de sur-voler Pompéi. Le soleil était encore haut dans le ciel, mais nous craignions de trouver de Gaulle couché si nous arrivions en retard à notre ren-dez-vous. Il nous faudrait parlementer long-temps, et on refuserait peut-être de le tirer du lit pour nous recevoir.

Avec Corentin nous avons attrapé les jambes de Gabriel, et nos deux corps lui servant de gou-vernes, nous avons orienté sa trajectoire vers la France. Nous avons évité Marseille, afin de ne pas perdre de temps en tournoiements autour de nos maisons respectives. Nous avions trop envie de les voir d'en haut et de les visiter du regard, fenêtre après fenêtre, comme des mai-sons de poupée.

Nous avons survolé Dijon, les fermes de banlieue. À notre arrivée à Paris, le soleil n'était pas encore couché, nous avons survolé la tour Eiffel, l'Arc de triomphe, le Sacré-Cœur, ne reprenant notre souffle que sur les toits de Notre-Dame.

Corentin aurait aimé dîner sur un bateau-mouche en descendant la Seine. Gabriel préférait s'alimenter sur la terre ferme. En tout cas, nous avions faim.

— Si on allait au *Succulent Détour*.

Mon idée les a immédiatement séduits. Ce restaurant nous fascinait, car il était tenu par un cuisinier qui donnait chaque soir la recette de la blanquette avant le journal télévisé.

Nous avons erré au-dessus des rues sans trouver son enseigne, notre atterrissage devant un café du boulevard Saint-Michel fit hocher la tête à deux intellectuels en plein débat, reconnaissables à leurs yeux cernés par la fatigue des colloques. Après un instant d'hésitation, ils refusèrent de nous intégrer à la lutte des classes, et nous reléguant au rang d'épiphénomène de l'inconscient collectif, ils continuèrent à gesticuler devant leurs bières.

Nous sommes descendus tout de suite aux toilettes. Nous avons trouvé l'adresse du *Succulent Détour* dans le Bottin enchaîné comme un incunable à la cabine téléphonique. Nous avons demandé à la dame assise devant sa soucoupe remplie de pièces blanches où se trouvait le Palais-Royal.

— Qu'est-ce que vous allez faire là-bas.

— Notre tante nous attend.

— Il faut que vous traversiez les ponts.

Elle nous a griffonné un itinéraire sur un morceau de papier brun. Nous l'avons appris par cœur et jeté au fond d'une cuvette, comme le faisaient à l'époque les héros des films d'espionnage.

Avant de quitter l'établissement, nous avons chapardé quelques sucres sur le comptoir. Furieux, le patron a lancé ses serveurs à notre poursuite. Nous avons dû prendre notre envol au milieu des chaises et des guéridons, bousculant les verres et les tasses, effrayant la clientèle, fuyant par un vasistas où Corentin faillit rester coincé quand une main inconnue tira la poignée qui commandait la fermeture du clapet.

Nous avons retrouvé les hauteurs avec le même plaisir que doivent éprouver les papillons qui échappent au filet de l'entomologiste. Suivant les instructions de la tenancière des toilettes, nous avons atterri dans les jardins du Palais-Royal. La porte du *Succulent Détour* était ouverte, mais un maître d'hôtel nous a barré le passage.

Il nous a demandé ce que nous faisions là.

— On vient dîner.

— Où sont vos parents.

— Ils nous rejoindront au dessert.

— La réservation est à quel nom.

— Ils ne donnent jamais leur nom.

— De toute façon, le service commence dans deux heures.

— Mais, Monsieur, nous sommes affamés.

Il s'est permis de repousser Gabriel qui entendait pénétrer dans le restaurant malgré son ukase. Nous lui avons demandé de s'excuser.

— Maintenant, les gosses, vous foutez le camp.

Il nous a claqué la porte au nez. Nous étions vexés, Gabriel se sentait humilié d'avoir été bousculé. Nous avons pris de la hauteur, puis nous avons toqué à coups de pied. Le maître d'hôtel est revenu ouvrir, il a reculé effrayé en nous voyant voleter sur place comme des mouches. Nous en avons profité pour nous engouffrer.

À l'intérieur, les tables étaient dressées, il y avait des fleurs, les plafonds représentaient des jardins, des fontaines, des pièces d'eau envahies de nénuphars. Mais rien n'était comestible, il n'y avait même pas une pomme à croquer. Nous avons fini par trouver les cuisines, suivis à distance respectable par le personnel effaré.

Cuisiniers et marmitons nous ont d'abord menacés avec des louches et des écumoires. Mais quand ils nous ont vus tournoyer au-dessus des marmites, ils ont pris la fuite en abandonnant leurs ustensiles sur le carreau. Armés de longues cuillères de bois, nous avons goûté du bout de la langue des préparations spongieuses qui avaient un drôle de goût d'aromates qu'on ne trouvait pas à Marseille. Dans une grande casserole en cuivre, des morceaux d'une curieuse viande rissolaient, nous imaginions qu'il s'agissait de loup, de tigre, ou de fourmilier. À côté mijotait une sauce qui nous était inconnue et dégageait une odeur de poisson, ou alors de serpent de mer, de crocodile capturé dans un marigot.

Nous cherchions la blanquette de la télévision, et soulevant les couvercles nous ne découvrions que des mets étranges, leur odeur entêtante nous saoulait comme les vapeurs d'éther du coton dont nos mères nous frottaient la peau pour faire disparaître les traces de colle des vieux sparadraps.

Ouvrant un four, Gabriel a découvert une flopée de petits gâteaux orangés en forme de mandarine. Il les a fait tomber dans un plat avec un couteau à découper. Nous avions si faim, mais ils étaient si chauds, et puis un fumet s'en dégageait qui piquait les narines, on les aurait dit assaisonnés de poivre et de piment.

Heureusement Corentin a trouvé le chariot de fromages dissimulé dans une réserve, et en levant la tête nous avons aperçu des jambons pendus au plafond, qui entraînés par le souffle du système de ventilation en colère, se balançaient avec mollesse, telles des danseuses levantines. Nous les avons rejoints, détachés, tranchés, et nous servant de lamelles de vieil emmental comme de tranches de pain, nous nous sommes empiffrés de sandwichs jusqu'à remplacer notre faim par une légère nausée.

Puis nous avons bu à la régalade plusieurs bouteilles d'eau gazeuse. Nous nous apprêtions à repartir, quand une demi-douzaine de policiers en uniforme, matraque brandie comme une corne, ont fait irruption dans la cuisine.

Ils nous auraient frappés. Endurant les odeurs musquées qui montaient des gamelles, nous avons stationné un moment dans les hauteurs de la cuisine. Ils sautaient, mais leurs matraques étaient trop courtes pour nous atteindre. Ils jetaient en l'air des paires de menottes afin de nous assommer, espérant nous voir tomber comme des oiseaux plombés de chevrotine.

Nous nous sommes engouffrés dans le trou béant d'une cheminée au tuyau absent, qui devait permettre autrefois l'évacuation des fumées de l'ancien fourneau à bois. Dans le conduit obscur, Gabriel s'est amusé à pousser des cris pour nous effrayer, mais ils lui revenaient amplifiés par l'écho et il a eu si peur lui aussi qu'il a fini par se taire.

Lorsque nous avons débouché au-dehors, le soleil se couchait sur Paris. Il nous a paru beaucoup plus rouge que celui qui se couchait sur Marseille. Couverts de suie, nous ressemblions à ces cafards géants, volants, qu'on aperçoit dans les cauchemars juste avant de se réveiller en hurlant. Nous ne pouvions paraître aussi noirs, aussi salissants, dans le bureau du Général. Une plongée dans la Seine nous aurait sans doute un peu débarbouillés, mais nous avions peur qu'elle se révèle plus froide que la Méditerranée et nous enrhume. Nous savions que de Gaulle avait horreur du rhume, et qu'il sanctionnait ceux qui en étaient atteints avec une sévérité implacable.

Nous aurions pu rentrer en vitesse nous

wash one's face

changer, mais nos parents nous auraient surpris et ils nous auraient interdit de sortir de la
maison, même pour descendre les poubelles.
Nous faisions des vols planés en nous secouant
de notre mieux, laissant derrière nous une traînée charbonneuse sans réussir à nous éclaircir
pour autant. Nous approchions des Halles, les
pavillons de Baltard étaient déjà éclairés.
Camions bâchés et voitures à cheval appor-
taient les marchandises qui seraient négociées
par les grossistes au cours de la nuit.

Survolant Saint-Eustache, nous avons eu le
réflexe de cacher notre bas-ventre avec nos
mains, car nous avions la sensation de nous
trouver tout nus dans notre bain. Puis nous
nous sommes aperçus que débarrassés de la
moindre trace de suie par un simple miracle,
nous portions à présent d'élégants costumes, et
qu'une lavallière grenat agrémentait le col de
notre chemise blanche comme du lait.

20

Les balançoires de Saint-Pierre

Les cloches ont sonné la demie de sept heures. Il était temps de nous acheminer vers l'Élysée. Nous ne pouvions nous empêcher pourtant de voleter dans les rues au-dessus des autobus, contemplant les réclames pour des apéritifs et des marques d'ampoules inconnus dans notre ville.

Nous aventurant plus bas, nous dévisagions les Parisiens qui à cette époque avaient un visage carré, un nez presque rectangulaire, et qui plus petits les uns que les autres semblaient disputer un concours de puces. Les Parisiennes paraissaient plus grandes sur leurs hauts talons, et nous les avons prises un instant pour leurs mères.

Nous étions fascinés par les bouches de métro, illuminées, gourmandes de voyageurs comme les vieilles des salons de thé de babas. Les gens descendaient tout piteux l'escalier, baissant la tête, trop enfouis dans leur terrain vague intérieur pour remarquer trois enfants en balade au ras de leur chapeau, de leur foulard noué autour du cou, de leur crâne luisant comme le formica des cuisines dont nos parents rêvaient devant les vitrines des magasins d'art ménager.

Les quais étaient carrelés d'une affreuse faïence qui nous rappelait les urinoirs du collège, les rames produisaient un vacarme effrayant quand elles entraient dans la station pour changer de cargaison de passagers toutes sirènes hurlantes. Nous n'avions aucune envie de nous enfermer dans un de ces wagons aux banquettes de bois, où la plupart des gens étaient debout, serrés les uns contre les autres, essayant de lire un journal à moitié déplié, certains balançant la main pour attraper un portefeuille dans une poche, ou fouiller le sac d'une femme à l'air si absent qu'on aurait pu croire qu'elle s'était oubliée chez elle le matin en claquant la porte de son domicile.

Il y avait aussi des agités qui frappaient leur tête contre les vitres, ou se donnaient des petits coups de poing sur le front comme s'ils s'en voulaient jusqu'à envisager de se casser la figure. En regardant avec plus d'attention, nous avons remarqué des gens qui parlaient seul, riant parfois de leurs saillies, les larmes coulant de leurs yeux d'aliénés quand ils s'attristaient d'un deuil survenu trente ans avant leur naissance dans la famille d'un collègue de bureau, dans celle d'un employé venu changer leur compteur électrique, ou peut-être de la chute d'une action pétrolière alors qu'ils en étaient réduits au minimum vital.

Personne n'adressait la parole à personne, chacun gardait ses mots comme un patrimoine plus précieux que le magot dissimulé dans la chambre sous une lame de parquet, que la bague de la mère qu'on se dispute pendant la mise en bière, que la montre arrachée au poignet du fils dans le coma sous prétexte qu'il ne peut plus lire l'heure afin de spolier son légataire universel, l'homme de sa vie, en qui les parents du mourant n'ont jamais vu qu'un compagnon de débauche.

Même les enfants se taisaient, recroquevillés, tassés comme s'ils répétaient déjà leur vieillesse, les yeux dirigés vers leur cartable, l'air désespéré, résigné, on aurait dit qu'au terminus un contrôleur allait les démonter et les ranger dedans entre leur cahier de textes et leur livre de maths.

Quelques authentiques personnes âgées ne cessaient de regarder autour d'elles comme des périscopes. Elles ne connaissaient plus aucun semblable depuis longtemps, elles voyageaient de ligne en ligne du matin au soir, pour voir du pays, des tunnels le plus souvent, mais aussi des paysages urbains aux rares moments où le métro devenait aérien, pour être bousculées par des corps au lieu de heurter toujours les mêmes murs, et pour entendre le bruit des essieux comme leurs congénères fortunés aiment à entendre celui de la mer à bord de paquebots dont ils changent comme de rame afin que leur croisière soit perpétuelle, croyant ainsi étirer à jamais l'ultime tronçon de leur vie, alors que leur cercueil les attend dans la cale. *axles*

Il y avait malgré tout une jeune fille joyeuse qui chantait en s'accompagnant à l'accordéon, mais elle semblait sortie d'un film muet, car ici le son de sa voix et de son instrument était si incongru qu'elle était la seule à l'entendre. Les autres passagers paraissaient immunisés de longue date, et les particules de sa chanson, tels des microbes rendus obsolètes par la vaccination universelle d'un continent, ne pouvaient les atteindre. Elles tombaient sur ses ballerines, qui au fur et à mesure se couvraient de *dry dock* croches et de mélodies. Elle était obligée de frapper à tout instant ses pieds l'un contre l'autre pour ne pas s'enfoncer dans un bourbier de notes.

Nous n'avions jamais vu aussi triste spectacle. À cette époque, la population marseillaise riait plus de dix heures par jour, galéjant, trempant dès potron-minet ses tartines dans des bols de pastis fumant, puis, moins pudique que des bandes de chiots, elle faisait sa toilette dans les caniveaux dans une eau si pure, qu'un pipeline allait jusqu'à Hollywood pour régénérer stars et producteurs fatigués qui la buvaient à petites gorgées comme un nectar aux vertus mirifiques.

Il n'y avait que des dimanches, les autres jours pourrissaient aux Baumettes, on avait passé la pluie par les armes, on avait noyé le froid par dix mille mètres de fond, même le mistral avait été banni, le dernier triste avait été exécuté sur le port en 1925, et on disait que quinze ans plus tôt une mère s'était vue dans l'obligation d'étouffer sous une couche son bébé qui venait de trahir ses origines nordistes en sortant de son ventre en pleurnichant. Elle avait eu par la suite trois filles et deux garçons, Marseillais de pure souche, qui riaient de jour comme de nuit, sans perdre leur temps à dormir, à s'angoisser pour

157

le sort du monde, à chercher à résoudre l'insoluble équation de la vie, alors que la cité phocéenne avait pendu la mort haut et court au pont transbordeur en 1932, transformant le cimetière Saint-Pierre en jardin d'enfants, les pierres tombales en balançoires, les têtes des cadavres blanchies au cours des siècles en ballons chamarrés par les bambins enchantés de les barioler à grands coups de pinceau.

Un temps, les maladies ont nourri les poissons. Des infirmiers les leur jetaient au large chaque matin comme une manne. Ils digéraient cancers et emphysèmes plus volontiers encore que les crevettes et le plancton dont ils se nourrissaient d'ordinaire. Devenus en quelques mois tous forts comme des thons, ils ont été délivrés de cette mélancolie à laquelle ils étaient souvent sujets sans raison apparente, et qui leur donnait une irrésistible envie de s'abandonner, de flotter entre deux eaux en attendant le passage hypothétique d'une baleine qui les avalerait et les dispenserait dorénavant d'être en vie.

Peu à peu leur bonne humeur les a rendus familiers. Ils se sont approchés des plages où les baigneurs ont pu les caresser, les chevaucher, les déguiser en clown, ou leur coller des plumes sur

manna

le dos et les nageoires pour qu'ils puissent faire la roue comme des paons.

Fin décembre 1957, on a remarqué pour la première fois que des poissons folâtraient en riant à gorge déployée comme des compères dans la baie des Goudes. Au jour de l'an, la contagion avait gagné le littoral jusqu'au port autonome. Toute la mer était hilare, les poissons volants donnant l'exemple aux mouettes, les pigeons les imitant, les moineaux émettant à leur tour un petit rire aigrelet et rafraîchissant comme un citron pressé.

Marseille riait, même le soleil ne se couchait plus pour ne pas infliger la nuit à un peuple si esclaffé qu'il avait du mal à marcher, qu'il restait chez lui fenêtres ouvertes, mâchoires béantes face à la mer en joie, face au bleu du ciel qui lui aussi se fendait à l'occasion d'un grand éclat en dévoilant ses étoiles comme des dents d'or fin.

C'est du moins ainsi qu'on nous avait décrit Marseille, mais quand le lundi arrivait et que nous le déclarions détenu aux Baumettes, nos parents nous pressaient d'avaler nos tartines pour éviter d'arriver en retard au collège et d'être encore collés jeudi matin.

Gabriel avait envie de s'engager dans un tunnel et de faire le tour de Paris en suivant les voies. Corentin avait peur que des chauves-souris s'accrochent à nos cheveux par grappes et nous retiennent prisonniers dans leur nid. De toute façon nous nous salirions, je n'avais aucune envie de subir une autre douche, et si cette fois on ne nous fournissait pas de vêtements, nous serions très gênés quand l'appariteur nous introduirait dans le bureau du Général.

Nous sommes sortis, survolant une ventrée de passagers qu'une rame venait de régurgiter et qui se bousculaient tête basse comme une chiourme épuisée à l'heure de la soupe. Sous un lampadaire, j'ai plongé sur un passant, relevant subrepticement la manche de sa gabardine pour voir l'heure à son poignet. Il était vingt heures quinze, si nous continuions à baguenauder nous serions en retard à notre rendez-vous, et il nous faudrait sans doute le remettre au lendemain. Nous serions obligés de tout avouer au Père Maurin dans l'espoir qu'il consente à raconter à nos parents un pieux mensonge pour expliquer la prolongation de cette récollection imaginaire.

21

Un pagne de fruits exotiques

loinch tn

Nous n'étions pas sûrs que l'Élysée figure
dans le Bottin, et puis le temps pressait. Par
bonheur, la circulation a été soudain interrom-
pue pour laisser passer une escouade de motards
suivie d'une DS noire aux vitres opaques.

Il s'agissait certainement du Premier ministre
que le Général avait dû convoquer pour lui dire
quelques mots avant de se mettre au lit. Nous
espérions que ce tête-à-tête inopiné n'abrégerait
pas notre entrevue, même si après toute une
journée de vol nous ne nous souvenions plus
très bien pour quelle raison exacte nous l'avions
sollicitée.

Nous avons suivi le cortège, volant à ras de la
berline, traversant une place démesurée, encombrée en son centre d'un obélisque surchargé
d'arabesques dont nous possédions à Marseille

une version plus <u>sobre,</u> passant devant l'ambassade des États-Unis gardée par des G.I.'s apeurés
qui tiraient en l'air des salves de pistolet-mi-
trailleur pour se donner du courage à chaque
fois qu'une voiture klaxonnait alentour, entrant
dans le parc de l'Élysée allongés sur le toit de
la DS saluée par des gardes républicains au
garde-à-vous.

La voiture a longé une allée, elle a stoppé
devant le perron. À la place du Premier ministre,
nous avons vu descendre du véhicule Joséphine
Baker qui ne nous a pas semblé beaucoup plus
grande qu'une souris. Nous aurions pu nous élever jusqu'à une fenêtre ouverte et surgir face au
Général comme une surprise, mais nous avons
préféré grimper les marches à la suite de la diva
pour nous faire annoncer.

— Comment êtes-vous entrés.

— Nous avons rendez-vous.

— Avec qui.

— Le général de Gaulle nous attend.

Le cerbère à tête ronde comme une roue, avec
une mèche sur le front, noire et luisante comme
un pneu usé, se mit à gesticuler, à appeler la
sécurité en criant dans un talkie-walkie, et à
transpirer parce qu'elle n'arrivait pas.

— Monsieur.

La voix de Gabriel a claqué à ses oreilles comme une grenade, et il s'est aussitôt immobilisé tel un Pompéien sous la lave. Nous en avons profité pour nous présenter, soulignant que nous venions de loin et que nous n'avions pas l'habitude d'être traités de la sorte chez nous.

— Permettez-moi d'appeler monsieur le Secrétaire général.

— Je vous en prie.

Quelques instants plus tard un homme très court, étroit, qui semblait avoir été construit avec une corde à sauter, sortit en courant d'un ascenseur et se précipita vers nous buste en avant pour excuser la muflerie de son subalterne.

— Le Général est impatient de vous connaître.

— Nous aussi.

— C'est un ami d'enfance du Père Maurin.

— Le Père Maurin nous enseigne le catéchisme.

— Les renseignements généraux le lui ont signalé.

— Mais alors, ils ont dû appeler nos parents.

— Le Général n'a jamais fait dénoncer personne.

Nous l'avons suivi jusqu'au deuxième étage

par le grand escalier qu'avait emprunté le matin
même l'ancienne héritière du trône de Hollande
venue lui déposer une gerbe de tulipes cueillies
à l'aube dans la serre de son palais, à présent une
simple maison bourgeoise où elle tuait le temps
en mangeant des amandes. Nous avons traversé
des couloirs décorés d'affiches de music-hall, où
Fréhel côtoyait Berthe Sylva, et Maurice Chevalier, Mayol, dont le toupet en permanente
érection laissait à penser qu'il avait épousé son
coiffeur.

Nous entendions la voix de Joséphine Baker
de plus en plus proche. Puis, le secrétaire général a poussé une porte et nous nous sommes
trouvés en présence de la chanteuse vêtue d'un
boléro et du pagne de fruits exotiques qui avait
fait sa gloire. Debout sur une estrade, elle chantait *Lili Marlène* avec un accent créole qui donnait à la chanson un charme fascinant.

— Le Général aime à l'entendre dans le lointain.

Nous avons débouché dans un corridor aux
murs couverts de portraits de potentats du
IIIe Reich ridiculisés par un artiste new-yorkais.
Avant de se retirer, le secrétaire général a ouvert
une porte matelassée de daim et nous a intro-
duits dans un boudoir.

— Bonjour, les enfants.

— Bonjour, mon Père.

Le Père Maurin était là, majestueux dans sa soutane. Nous avions peur qu'il nous gourmande et bricole un confessionnal avec deux chaises afin que nous dévidions le long chapelet de nos fautes, avant peut-être qu'il consente à nous absoudre en échange de dix *Je vous salue Marie* et de quinze *Actes de contrition*. Mais il avait l'air simplement heureux de nous voir.

— Vous avez fait bon voyage.

— Excellent, mon Père.

— Vous ne dites pas bonjour au Général.

Nous ne l'avions pas remarqué, il était loin des lampes. Assis dans un grand fauteuil Voltaire, il portait une veste de pyjama et une robe de chambre en soie rayée. Une couverture en agneau recouvrait son estomac proéminent et ses jambes jusqu'aux pieds. Sa tête pendait sur sa poitrine, ses paupières étaient closes. Nous n'osions pas l'approcher, craignant que ce dinosaure endormi dans un repli de l'Histoire de ce siècle qu'il avait façonné, sculpté, poli, peint selon ses lubies, se réveille et nous engloutisse tous trois pour régénérer son corps fatigué, comme à la communion nous mangions le corps

gobble up

du Christ dans l'espoir qu'il purifie notre âme tachetée d'offenses avant de finir sa course dans les toilettes.

Le Père Maurin lui a secoué le bras. De Gaulle s'est réveillé en sursaut.

— Charles, ils sont là.

Le Général a levé la tête, il nous a souri.

— Quel périple, les petits. Vous avez fait un long voyage.

Nous avions l'impression d'entendre la France nous parler, comme si ce pays avait un organe enfoui dans ce corps de vieillard habillé pour la nuit.

— Vous avez aimé l'Italie.

Les services secrets avaient dû nous suivre en hélicoptère, à moins qu'à son dernier départ de l'au-delà, le Général ait emporté avec lui la faculté de se trouver partout à la fois, et aussi de vivre dans le passé, le présent, l'avenir, de n'être absent nulle part, d'honorer de sa présence le moindre des instants.

— Ah, Pompéi, Pompéi. J'étais jeune à l'époque, j'ai été jeune souvent, mais ma jeunesse italienne c'est vraiment celle que j'ai préférée.

Le Général jeta la couverture à terre, il se leva sans même prendre appui avec ses mains sur les accoudoirs du fauteuil. Il arpenta le boudoir en souriant, comme quelqu'un qui ressasse son bonheur avec autant d'obstination que d'autres leurs problèmes conjugaux. Il s'arrêta soudain de marcher, il tapota l'épaule du Père Maurin.

— Maurin, je m'ennuie ces temps-ci, si je déclenchais une guerre mondiale.

— Allons, Charles.

— En quinze jours le continent américain serait en loques, l'Australie se rendrait dans la foulée, et la semaine suivante la Chine deviendrait une province du Kazakhstan.

— Charles, ces morts, ces victimes innocentes.

— Quinze mille tout au plus, et puis la poudre est aveugle, elle tue aussi bien les coupables.

— Charles, mon Dieu.

— Hélas, quand la France recouvrira la planète, je m'ennuierai de nouveau.

— Tu vois bien, ça ne vaut pas la peine.

— Si Dieu me prête vie, dans un siècle j'aurai asservi la totalité du système solaire.

— Mais que feras-tu de ces planètes désertes, froides, chaudes, hostiles comme l'Enfer.

— Je ferai de l'Enfer un camp militaire, Lucifer entraînera tous ces soldats d'élite qui après des millénaires de cuisson résisteront aux bombes et aux radiations. Ils se promèneront à travers les champs de bataille avec la désinvolture d'une baigneuse sur les planches de la piscine Deligny.

Le Père Maurin était blême, il tentait de faire des signes de croix, mais il se trompait de sens, ou il atteignait son cou, ses hanches, son ombilic.

— Nous attaquons Washington à quatre heures.

Le Père Maurin s'agenouilla.

— Charles, je t'en supplie.

Le Général l'aida à se relever.

— Allons, Maurin, je plaisantais.

Le Père Maurin fixait de Gaulle, incrédule.

— Il fallait bien que j'amuse ces enfants.

Le Général s'est tourné vers nous.

— Je vous ai bien fait rire.

Nous nous serrions l'un contre l'autre, baissant les yeux. Nous avions l'impression d'être dans le bureau de la directrice quand elle nous convoquait pour nous blâmer d'avoir obtenu une de ces notes en dessous de zéro qui étaient la spécialité du collège. Le Général esquissa un rire de vieux soldat à notre place, puis il me prit par la main.

— J'ai une surprise pour toi.

Gabriel et Corentin se détendirent, soulagés que la surprise leur échappe.

— Regarde.

Il me montra une zone du boudoir très floue, trouble comme de l'eau agitée par le vent.

— Tu les vois.

— Non, mon Général.

— Regarde mieux.

Je distinguais à présent un canapé et deux hommes qui y étaient assis. L'un avait la quarantaine, l'autre était un peu plus âgé. Ils portaient des vêtements démodés, ils avaient l'air attendris et ne me quittaient pas des yeux.

— Tu les reconnais.

— Oui.

Je les avais vus sur des photos, mon grand-père paternel était mort en 1920 d'une infection à l'aine, mon grand-père maternel en 1943 d'une rupture d'anévrisme de l'aorte abdominale, le même mal qui emporterait mon père en 1986. De Gaulle me les montra du doigt, comme on désigne des personnages dans un tableau représentant une foule, comme on fait remarquer la présence de Baudelaire dans *L'Atelier du peintre* de Gustave Courbet.

— Louis Jauffret, Jules Mahistre.

Prononcés par le Général, ces noms résonnaient comme dans une grotte. Il me semblait que toute mon enfance s'était déroulée auprès d'eux. Ils m'avaient confectionné des chapeaux en papier journal, nous avions vu ensemble des matchs de foot au stade Vélodrome, ils m'avaient emmené à la pêche chaque dimanche, et pour éviter que je rentre bredouille ils avaient accroché à ma ligne des poissons en chocolat enrobés d'un papier d'argent plus brillant que le couvercle de leur montre de gousset.

Bientôt je serais assez grand pour qu'ils me racontent leur jeunesse, leurs frasques, leur fortune perdue sans amertume, remerciant seulement le ciel d'avoir pu un jour descendre la Canebière au volant d'une auto si magnifique que personne ne la croyait, qu'on la prenait davantage pour un rêve d'auto que pour une Hispano, avec femme et enfants comme un trésor sur les banquettes de cuir fauve, joyeux, au soleil tiède, affectueux, de ce matin de janvier 1919, où l'hiver avait oublié la Provence pour lui permettre de réchauffer ses maisons souvent dépourvues de cheminées et de poêles qui attendaient le printemps dans la torpeur dès les premières pluies glacées de novembre.

Ils me parleraient de la vie comme d'une fête

qui bat son plein, riant du lendemain comme d'une superstition de sorcière, buvant avec moi du champagne jusqu'à minuit, m'emmenant courir les rues, s'amusant à faire le pied de grue en bas de l'hôtel de passe où pour la première fois je m'enverrais dans la stratosphère voir la caniche Lola avec une fille payée sur leur cassette.

Nous rentrerions au matin, tellement ivres et heureux que nous proposerions aux éboueurs de les aider à ramasser les poubelles, et quand ils nous prendraient au mot nous nous étalerions sur le trottoir, dormant du sommeil du juste.

Je voulais m'approcher d'eux, les embrasser, ou au moins leur parler, les écouter, comme dans une rencontre du troisième type. Je ne pouvais pas bouger, je sentais qu'ils faisaient en vain des efforts pour me rejoindre. Je les voyais souffrir, nous avions en commun les mêmes souvenirs, et nous savions qu'ils ne se réaliseraient jamais.

— N'oublie pas qu'ils sont morts.

Ils ont commencé à s'estomper, perdant leurs couleurs, les mimiques qui animaient légèrement leur visage, qui les rattachaient un peu à la réalité. Ils devenaient monochromes, à peine teintés de sépia, ils ressemblaient de plus en plus à leur photographie. Puis, ils ont disparu dans le noir.

— Tu comprends, on ne peut pas bouleverser l'ordre des choses en ressuscitant les grands-pères.

— Je comprends.

Mais je ne comprenais rien, j'étais triste et furieux contre cet homme qui me trempait les lèvres dans le bonheur pour me plonger tout de suite après la tête dans l'eau froide. Il était trop grand pour que je me batte avec lui, et de toute façon le Père Maurin détestait les bagarres, il nous aurait séparés au premier coup de poing.

Le Général a demandé à Gabriel s'il voulait voir un grand-oncle mort en 1915, ou une arrière-cousine fauchée par un side-car l'année précédant sa naissance. Il semblait résigné, pas enthousiaste, il n'avait jamais entendu parler de ces morts et il les craignait d'avance comme des spectres.

— Et toi Corentin, tu aimerais que je te montre ta tante Mira.

— Je préférerais pas, mon Général.

— Ne t'inquiète pas, je la tiendrai à distance.

— Je préférerais pas quand même.

Le Général a souri.

— Sacrée tante Mira, tu n'aurais pourtant pas voulu que je la fasse passer par les armes.

Corentin nous a expliqué par la suite qu'on ne parlait jamais de tante Mira dans sa famille, elle avait disparu des albums de photos et ses enfants crachaient par terre jusque dans les salons quand quelqu'un s'avisait de l'évoquer. Corentin la soupçonnait d'avoir éborgné son fils qui cachait son œil gauche sous un bandeau noir, et d'avoir élevé sa fille dans un tonnelet rempli de vinaigre, car elle était à présent une femme brève, circulaire, affligée d'une voix stridente, acide, qui brûlait les tympans et lui avait occasionné plusieurs otites.

22

Le souterrain

— Général, il est vingt et une heures quinze.

L'infirmière avait fait irruption dans le boudoir sans que nous l'ayons entendue frapper.

— Eh bien, je ne vous ai pas demandé de me servir d'horloge.

Elle avait un stéthoscope autour du cou, elle portait un plateau où se trouvaient une soucoupe remplie de médicaments ainsi qu'un verre et une bouteille d'eau de Vichy.

— Nous allons prendre nos cachets, et nous irons dormir.

— Je me coucherai mardi, l'an prochain, en tout cas lorsque j'en aurai donné l'ordre moi-même.

Elle a posé son plateau, elle s'est approchée de lui et le regardant avec des yeux ronds, elle l'a menacé en agitant son index.

— Général, nous ne sommes pas raison-
nables.

— Sortez immédiatement, et considérez-
vous comme reversée en Ukraine. Là-bas vous
ne serez pas si loin de la Sibérie.

La prenant à bras-le-corps, le Général a
déposé l'infirmière médusée hors du boudoir
comme un mannequin en carton-pâte.

— Charles, l'Ukraine, la Sibérie, ce que tu as
été dur avec cette jeune femme.

— Allons, Maurin, de Gaulle est versatile,
demain il aura changé d'avis.

— Charles, rappelle-la, dis-lui qu'elle est
pardonnée.

Le Général imposa silence au Père Maurin
d'un geste de la main qui n'admettait pas de
réplique. Il s'est penché sur nous.

— Vous voulez jouer, les petits.

Nous n'étions guère rassurés, redoutant un
jeu qui se retournerait contre nous.

— Vous aimez les armes.

— Mon Dieu, Charles, les armes.

— Répondez, les enfants.

Nous n'avons pas osé le contredire.

— Oui, mon Général.

— Je vais vous dévoiler les secrets de la force
de frappe.

— La bombe atomique, Charles, mais enfin tu n'y penses pas.

De Gaulle claqua des mains, et le secrétaire général réapparut aussitôt.

— Valentin, au QG.

— Bien, Général.

Il s'est éclipsé pour revenir un instant plus tard.

— Votre voiture est prête, Général.

— Charles, je t'en prie.

La voix du Père Maurin chevrotait, il nous entourait de ses grands bras comme pour nous protéger d'un ravisseur.

— Tu ne vas pas les priver de cette récréation.

— Une récréation, la bombe atomique, mais Charles.

— C'est un beau jouet, la plus belle découverte depuis l'Immaculée Conception.

— Tu blasphèmes, Charles.

— Le blasphème est vivifiant, je blasphème avant chaque allocution pour m'éclaircir la voix.

Le Père Maurin ne disait plus rien, il jetait sur nous un de ces regards impuissants et désolés qu'on porte aux mourants qui vont passer dans la nuit.

— Si tu veux, tu peux nous attendre à la chapelle.

— Non, Charles, je n'abandonnerai pas ces
enfants.

— Alors, allons-y.

Dans le corridor, le Général marchait d'un
pas de gendarme. Nous sommes passés devant
Joséphine Baker, elle chantait toujours *Lili Marlène*. Il fit mine de soulever une des bananes qui
pendaient à ses hanches, mais le Père Maurin
scandalisé lui saisit le poignet et l'en empêcha.
Nous avons pris un ascenseur assez grand pour
contenir un char d'assaut. Il était insonorisé
comme une chambre capitonnée d'hôpital psy-
chiatrique, et n'était pas plus bruyant qu'un
moustique. Sur un cadran, on voyait défiler les
étages. Il s'est arrêté au quinzième sous-sol.

Les portes se sont ouvertes, nous avons
débouché sur un souterrain, qui tel un paysage
s'étendait à l'infini. Il était éclairé d'une lumière
blanche par tant de projecteurs que les objets et
les êtres en étaient privés d'ombre. Une foule de
civils se déplaçaient sur des tapis roulants, des
jeeps et des camions chargés de militaires circu-
laient à toute allure et certains s'engouffraient

dans des tunnels éblouissants comme des puits de lumière.

Une DS nous attendait. Nous nous sommes entassés à l'arrière avec de Gaulle, le Père Maurin a pris place à côté du soldat qui conduisait la voiture.

— Ça vous plaît, les enfants.

— Oui, mon Général.

Nous avions l'impression d'être tombés dans un film comme des pièces de monnaie au fond d'une fontaine. Mais nous avions beau chercher nous ne voyions pas de caméras, et tous ces gens ne ressemblaient à aucun acteur connu, même pas à un second rôle dans le feuilleton du jeudi.

Le Père Maurin bougonnait, tandis que la DS dépassait les cent kilomètres-heure dans un tunnel désert et large comme la rue Paradis. Nous n'avons roulé que quelques minutes, la voiture a stoppé devant une petite maison basse, sans étages ni combles, avec un toit en terrasse bordé de créneaux en béton où trois tireurs d'élite, un genou en terre, faisaient le guet, l'index sur la détente de leur fusil à lunette. Elle se trouvait sans doute à plus d'une centaine de mètres sous la ville, ou sous les pavillons de la banlieue parisienne.

— Nous y voilà, c'est une maison de plaisir.

— Mon Dieu, Charles, mais ce sont des enfants.

— Allons, Maurin, la guerre est un plaisir.

Le Général avait ouvert la portière lui-même pendant que le chauffeur serrait le frein à main. Il n'avait plus rien du vieillard écroulé sur un fauteuil que nous avions découvert dans un coin du boudoir un moment plus tôt, il entrait dans la maisonnette à grandes enjambées, nous avions du mal à le suivre et le Père Maurin était essoufflé.

Il n'y avait personne à l'intérieur, d'ailleurs le lieu semblait inhabité. Il était aussi bien éclairé que le reste du souterrain. Au milieu de la pièce unique du rez-de-chaussée, il y avait une table et un téléphone. Un planisphère s'étendait sur les quatre murs, des ampoules bleues et rouges clignotaient à l'emplacement des capitales, des agglomérations de moindre importance, de certains villages perdus, et de lieux-dits inconnus des voyageurs qui avaient peut-être une importance stratégique.

Le Général a pris place derrière la table sur l'unique siège qui pivotait à trois cent soixante degrés pour lui permettre sans doute d'embras-

ser du regard le monde entier d'un simple mouvement.

— Regardez les enfants.

Il enleva de son cou une chaîne en acier à
laquelle pendait un médaillon qu'on sentait usé
par le contact avec sa peau nue. Il l'ouvrit, il
nous demanda de nous approcher. À l'intérieur
du couvercle, on le reconnaissait sur un cliché
avec sa fille sur la plage du Prophète, où il reposait avec elle pour l'éternité. Dans le fond du
médaillon, était gravée une longue suite de
chiffres, de hiéroglyphes, ou peut-être de lettres
empruntées à l'alphabet arabe, chaldéen, à une
langue qu'il avait inventée dans l'au-delà pour
se distraire quand la contemplation de la France
l'assommait par sa monotonie et son manque
d'animosité envers les pays limitrophes.

— Vous voici en présence de la formule
magique.

Nous nous demandions quel djinn ou quel
prodige il allait faire surgir du médaillon, si toutefois il nous faisait l'honneur de la prononcer
en notre présence.

— Abracadabra, et je pourrais ordonner le
tir d'un missile à tête nucléaire sur une ville neu-
rasthénique, ou alors rabattre son caquet à une
principauté, à une université irrespectueuse, à

181

une usine en grève depuis plusieurs mois, et même au Vatican si ce Pape qui me doit tout s'avisait un dimanche de ne pas lire un passage de mes *Mémoires de guerre* aux fidèles agenouillés sous son balcon comme des veules.

— Charles, jure-moi que tu ne le feras pas.

— Rome disparaîtrait dans la tourmente, je serais mélancolique l'espace d'un matin et puis la vie reprendrait son cours.

Le Père Maurin cherchait des yeux le Vatican sur le planisphère. Il ne le trouvait pas. Son inquiétude grandissait comme s'il avait déjà été rayé de la carte, et il tournait autour de la pièce à la manière d'un baudet. Tout lui semblait mauvais présage, il interprétait la couleur des ampoules, se demandant lesquelles stigmatisaient, lesquelles accordaient un sursis, une espérance de salut.

De Gaulle trancha la question.

— Quand il fait jour les ampoules sont bleues, et elles virent au rouge quand tombe la nuit.

Le Père Maurin paraissait réconforté à l'idée qu'elles ne signifiaient rien de plus inquiétant.

— Les missiles y voient très bien dans l'obscurité, et quand on bombarde les villes endormies, personne ne se rend compte de rien.

182

D'ailleurs, souvent j'en arrive à me demander si ce n'est pas un peu dommage.

— Tu es cruel, Charles.

— Avec tous les millions de morts dont grâce à moi le monde a pu faire l'économie en 1939, j'ai bien le droit de m'amuser un peu aujourd'hui. À nos âges les occasions de se divertir sont rares, tu le sais aussi bien que moi.

— Charles, tuer n'est pas un divertissement, c'est un crime.

— Nous avons assez discuté. À présent, les enfants, nous allons jouer à colin-maillard.

Le Général a sorti un grand mouchoir blanc plié en quatre d'une poche de sa robe de chambre. Il a fermé les yeux et désigné au hasard Corentin avec son index.

— Viens ici, l'honneur est pour toi.

Corentin s'est approché d'un pas craintif.

— Allez, viens.

Quand il a été à sa portée, de Gaulle lui a noué le mouchoir de ses propres mains, serrant assez fort pour qu'il n'y voie plus rien. Il lui a recommandé de ne pas tricher en entrebâillant le tissu. Puis, il l'a fait tourner comme une toupie.

— Maintenant, marche.

— Je vais où, mon Général.

blind man's bluff

— Où tu veux.

Corentin tituba, il se serait même cassé la figure si le Père Maurin ne l'avait soutenu au dernier moment.

— Allez, va dans le mur.

En effet, il n'a pas tardé à heurter le planisphère. Son nez entra en contact avec une lumière bleue.

— Enlève le bandeau.

Corentin obéit.

— Que lis-tu.

— Greymouth, mon Général.

— Je n'y suis jamais allé, mais cette bourgade mérite sûrement l'apocalypse.

— Tu plaisantes encore, Charles.

— Tu ne vas quand même pas défendre cette Nouvelle-Zélande qui ne nous est rien.

Le Général était heureux, tel un chenapan qui médite une niche. Il a sorti une paire de lunettes de la poche pectorale de son pyjama, et les a chaussées avec un plaisir gourmand, ses lèvres s'humidifiant comme si l'eau lui venait soudain à la bouche.

Il a décroché le téléphone.

— Passez-moi la base de Novossibirsk.

Il s'est tourné vers nous.

— Pour un missile lancé de Novossibirsk, la Nouvelle-Zélande c'est le clocher d'en face.

Le Père Maurin était en prière, à genoux, bras en croix, comme un gros oiseau aux ailes déployées.

— Bonjour colonel. Oui, c'est le Général. Tenez-vous prêt à entendre la messe.

À cette époque, les téléphones n'étaient pas équipés de haut-parleurs, mais nous avons supposé que le colonel avait répondu oui.

— Écoutez bien, les enfants.

De Gaulle s'est penché sur le médaillon, et avec le ton réjoui d'un dîneur qui raconte une blague à son commensal, il a débité les chiffres et les paroles cabalistiques de l'abracadabra qui servait de sésame à la force de frappe.

— Bien reçu, colonel, pas de brouillage intempestif comme l'autre nuit.

Le colonel a dû répondre par l'affirmative. Au même instant, le Père Maurin a poussé un *Charles, mon Dieu* déchirant, on aurait dit le dernier cri d'un soldat mortellement blessé que ses camarades abandonnent pour battre en retraite avant que la compagnie tout entière soit anéantie.

Impassible, le Général épela Greymouth lettre à lettre.

— Georges, Raoul, Émile, Yves, Mathieu, Oriane, Ursule, Thomas, Henri. Oui, Greymouth, Nouvelle-Zélande, gommez Greymouth, gommez.

Le Général raccrocha. Il se tourna vers Gabriel.

— À toi, maintenant.

Gabriel hésitait à prendre le bandeau que lui tendait Corentin.

— Tu as peur du noir.

— Non, mon Général.

— Tu ne voudrais pas que j'efface Marseille.

— Nos parents mourraient, mon Général.

— Alors, vas-y, mon petit.

Les yeux bandés, Gabriel obéit pour sauver notre ville, il heurta le planisphère en plein milieu de l'océan Atlantique.

— On ne va pas gâcher un missile pour un peu d'eau. Alors disons, São Paulo.

Le Père Maurin a redressé la tête, deux larmes coulaient sur ses joues, étranges traits brillants sur son visage gris comme un lavis.

— Mais enfin Charles, pourquoi São Paulo.

— Pourquoi pas.

Le Général a souri.

— São Paulo, Mexico, Bamako.

— Charles, tous ces gens n'ont rien fait.

— On se passera très bien de São Paulo, de Mexico, et de Bamako.

— Tu es fou, Charles, tu es fou.

— Tu sais Maurin, la folie c'est bon pour la jeunesse, à mon âge on est tout au plus un peu gâteux.

Le Père a repris sa position d'oiseau prieur. De Gaulle a décroché de nouveau son téléphone.

— Trouvez-moi un sous-marin en plongée dans l'Atlantique entre le Brésil et l'Afrique.

Le Général était impatient, on tardait à le mettre en communication.

— Dépêchez-vous, je commence à avoir sommeil.

Le Père Maurin tenta une ruse, mais un peu gauche, et elle s'écrasa à ses pieds comme une bouse.

— Tu as raison, Charles, il se fait tard, ces enfants ont besoin d'un bon lit. Il sera temps demain d'aviser.

— Demain je coulerai Saint-Domingue, ou je ferai frire l'Alaska.

Le Père Maurin joignit les mains et invoqua une pléiade de saints dont nous n'avions jamais entendu parler. Peut-être lui ont-ils répondu en silence, à moins qu'ils n'aient pas existé et qu'il

les ait inventés en désespoir de cause après avoir
épuisé tous les autres.

— Allô, commandant, je ne vous attendais
plus. Oui, vous allez m'envoyer trois missiles.

Le Général a récité la formule en toute hâte,
il ressemblait à un élève épuisé qui déblatère une
dernière fois ses tables de multiplication avant
de se coucher. Il a épelé le nom des trois villes,
et il a raccroché en se plaignant de cette armée
depuis trop longtemps privée de guerre, qui
confondait carrière et dolce vita.

— Nous avons bien travaillé, les enfants.

— Charles, tous ces pauvres gens morts par
ta faute.

— Allons, Maurin, un jour ou l'autre ils
seraient morts d'une maladie lamentable, d'un
accident ridicule, laissant des époux en larmes,
des veuves éplorées, des orphelins meurtris qui
à l'adolescence seraient devenus délinquants et
dormiraient en prison plus souvent que dans un
appartement bourgeois acquis avec un salaire
honnêtement gagné. Alors que la force de frappe
ne sépare pas les familles.

Abasourdi, le Père Maurin regardait le Général. Je crois qu'il ne comprenait guère le sens de
ses propos.

— Les familles, Maurin, les familles.

188

De Gaulle s'est levé, il a quitté la maisonnette et nous l'avons suivi. Nous étions déjà tassés à l'arrière de la DS, mais le Père Maurin était toujours à l'intérieur. Nous apercevions sa silhouette massive, immobile au fond de la pièce.

23

Le baiser au vieillard

Le chauffeur a dû pousser le Père Maurin comme une armoire jusqu'à la voiture. Pour l'asseoir il l'a plié, tant cette soirée placée sous le signe de la dévastation l'avait rendu rigide.

Le Général nous expliqua pendant le trajet que le souterrain lui-même s'étendait sur mille hectares, quant aux tunnels, outre ceux qui quadrillaient l'ancienne Europe jusqu'à l'extrême limite de ses frontières, il en existait un qui passait par Moscou et finissait sa course dans le sous-sol chinois à deux cents mètres au-dessous du niveau de la mer. Il envisageait de percer le fond de l'Atlantique afin de déboucher un jour en plein cœur du Grand Canyon du Colorado pour y installer une base aérienne qui transiterait en pièces détachées et serait opérationnelle quelques années plus tard.

La DS a stoppé, l'ascenseur nous attendait portes ouvertes. Le chauffeur a extirpé le Père Maurin de la voiture. De Gaulle lui a asséné une bourrade dans le dos, mais il a conservé son air absent, son visage de lavis, avec une bouche pâle, effacée, comme si elle cherchait à disparaître, puisque aucun mot n'en sortirait plus, puisque aucune langue ne pourrait jamais exprimer son sentiment d'horreur, dire sa pitié, sa compassion, sa révolte devant cet holocauste provoqué par un ami d'enfance à seule fin d'apporter un peu d'inattendu à son après-dîner.

De retour dans le boudoir, le Général a fait sonner son médecin personnel qui bénéficiait d'un logement de fonction à l'intérieur du palais. Il est arrivé ébouriffé, sans cravate, un peu rouge, comme s'il avait couru.

— Excusez-moi, Docteur, de vous déranger à l'heure de la bagatelle.

— C'est votre cœur, Général.

— Je crois en définitive que je n'en ai pas.

De Gaulle lui a montré le Père Maurin, debout, muet, fringant comme un cadavre.

— Occupez-vous plutôt de ce prélat.

— Tout de suite, Général.

Il a pris avec difficulté le pouls du Père Maurin dont le bras restait obstinément figé le long de son buste. Il lui a passé la main devant les yeux sans provoquer le moindre clignement de paupières.

— Ce ne sera rien, il est simplement choqué.

Le médecin a sorti une seringue de sa trousse, et l'a remplie avec le contenu d'une ampoule d'adrénaline. Il a tenté de retrousser la manche gauche de la soutane, mais il n'y est pas parvenu et il l'a découpée avec une paire de ciseaux. Il a injecté le produit dans une veine qui paraissait d'autant plus bleue, que contrairement à celle du visage, la peau du corps était d'une absolue blancheur, comme si depuis le petit séminaire elle n'avait jamais vu les rayons du soleil.

Peu à peu, le Père Maurin est revenu à lui. Il s'est assis. Il a regardé fixement le Général.

— Charles, tu te souviens.

— Bien sûr, de quoi.

— Je ne sais pas, souvent je me souviens du passé.

— Moi, je me souviens de l'avenir. Pourtant, l'avenir c'est encore plus ennuyeux que le passé, et de surcroît on est obligé de le vivre à chaque ᶜois qu'il se pointe.

Le Général a remercié le médecin et lui a dit

en souriant qu'il pouvait disposer. Le Père Maurin regardait à présent le boudoir avec étonnement. Lorsqu'il s'est rendu compte de notre présence, il nous a demandé pourquoi nous n'étions pas en classe.

— Mais c'est la nuit, mon Père.

— La nuit, mais vos parents doivent être morts d'inquiétude.

Nous ne pouvions tout de même pas lui avouer qu'ils nous croyaient en récollection en sa compagnie dans la maison de campagne du collège.

Il s'est tourné furibond vers le Général.

— Charles, que font ces enfants chez toi à une heure pareille.

— Ils sont en visite, tu ne te rappelles pas, ils ont joué avec moi à colin-maillard.

— Quelle folie.

— Un jeu, Maurin, un jeu bien innocent.

— En tout cas, maintenant je vais les raccompagner à leur maison.

— Tu veux que je te fasse reconduire.

— Je connais le chemin.

En se levant de son siège, il a remarqué que sa manche était déchirée.

— Une soutane toute neuve.

— Je vais t'appeler une couturière.

Il a manifesté sa mauvaise humeur par un geste qui nous aurait valu un passage en conseil de discipline si nous l'avions adressé au moins sanguinaire des membres du corps enseignant.

— Je vois Maurin que tu as retrouvé ta mauvaise humeur d'antan.

Le Père Maurin quitta le boudoir exaspéré, sans saluer le Général, nous laissant seuls avec lui.

— Vous n'avez rien à me dire, les petits.

— Au revoir et merci, mon Général.

— Venez m'embrasser.

J'étais très impressionné par ses joues usées, pareilles aux murs d'un vieux château fort, que son nez séparait, tel un iceberg qui devait se poursuivre loin à l'intérieur de la tête. À la suite de Corentin et de Gabriel, j'ai dû m'y frotter malgré tout en évitant d'y poser mes lèvres car je craignais qu'elles y restent collées comme sur de la glace.

Puis, il nous a fait un signe de la main pour nous signifier que l'audience était terminée.

— Allez, dépêchez-vous de le rejoindre, il a l'air très énervé.

Le Père Maurin venait de s'apercevoir qu'il nous avait oubliés. Il hurlait dans le corridor, comme parfois en cours de catéchisme quand nous manquions de respect à la Vierge en plâtre, lui lançant des fusées en papier quadrillé, ou lui mettant autour du cou un élastique colorié en rouge qui contrastait avec sa robe bleu dragée.

sugared almond

24

L'expansion du prêtre

Le Père Maurin nous a entraînés dans un imbroglio de couloirs, de halls, de galeries, certains étaient déserts, lépreux comme des caves, seulement éclairés par des veilleuses orangées, d'autres étaient illuminés par des lustres, somptueusement meublés, et agrémentés parfois de gardes républicains qui se réveillaient à notre approche et nous saluaient sabre au clair.

Nous avons monté un grand escalier aux marches d'acajou si bien cirées que le Père Maurin a trébuché, et nous avons eu le plus grand mal à le remettre sur pieds. Traversant un immense salon au plafond recouvert de miroirs, aux canapés de velours, aux tableaux représentant des femmes prenant leur bain, Gabriel a renversé une chaise transparente qui semblait en

mahogany

verre et qui s'est brisée sur le sol comme du cristal.

Le Père Maurin a ouvert une porte-fenêtre à deux battants, elle donnait sur un jardin suspendu. À travers les arbres on apercevait un morceau du parc, et au-delà Paris dont la rumeur nous parvenait amortie. Nous avons contourné une rangée de peupliers où gazouillaient des oiseaux désaxés par la lumière aveuglante qui provenait du grand salon. Derrière il y avait une tour qui paraissait plus haute encore que le palais lui-même, une solide porte en bois chargée de ferrures et de rivets en interdisait l'accès. Avec une force inattendue, le Père Maurin l'a défoncée d'un coup d'épaule nonchalant.

Nous sommes entrés avec lui à l'intérieur et il a refermé la porte. Nous nous attendions à trouver un escalier en colimaçon, tout au moins une échelle, une corde à nœuds. Mais la tour était vide comme un tube de pierre, et nous éprouvions une curieuse sensation de vertige en levant les yeux sur ces dizaines de mètres que seule la pleine lune éclairait, dessinant sur les parois des ombres qui me semblaient être la projection de ses mers asséchées depuis plusieurs millions d'années, à moins qu'un homme, une femme, ou une cousine de la caniche Lola ait

spiral

réussi à la prendre d'assaut, et envoie au peuple de la terre des signaux de lumière noire pour lui annoncer sa conquête.

Le Père Maurin respirait de toutes ses forces, on aurait même dit que son volume augmentait.

— Je n'ai pas votre âge, les enfants.

— C'est vrai, mon Père.

— J'ai besoin de m'oxygéner pour prendre mon envol.

Nous n'aurions jamais imaginé que le Père Maurin pouvait voler.

— En plus, cette tour est un peu particulière.

Il nous a expliqué que chaque semaine des ingénieurs venaient en extraire la pesanteur.

— Comment ils font, mon Père.

Il a posé un doigt sur sa bouche.

— Secret défense.

Cependant, il nous a confié à voix basse que la tour était très utile à la France. Les diplomates l'empruntaient pour rejoindre leurs ambassades disséminées à travers le monde, grâce à elle les ministres limogés rejoignaient discrètement leur circonscription, et chaque vendredi le Général se faisait monter jusqu'ici pour partir en week-end à Colombey, où le donjon médiéval mitoyen de son castelet lui permettait de rentrer le lundi matin en contemplant les embouteillages sans être incommodé par le bruit des pales de l'hélicoptère dont il faisait un usage régulier jusqu'à l'an dernier.

Le Père Maurin tapa du pied, et nous l'avons vu s'élever aussitôt, la main droite tendue vers le ciel, dans sa soutane aussi noire qu'est blanche la tunique du Christ sur les chromos représentant l'Ascension.

— Allez, les enfants.

Nous n'avions pas besoin de cette tour pour nous envoler. Nous l'avons rattrapé. Il nous a montré sur la paroi un bouton phosphorescent. Il commandait l'ouverture de la plaque de plexiglas qui permettait à l'atmosphère de la tour de garder ses vertus à l'abri de l'air extérieur. Il a appuyé dessus.

— Maintenant, nous sommes assez chargés en apesanteur pour aller jusqu'à Haïti.

La plaque a glissé sans bruit. Nous avons quitté l'Élysée.

À présent, le Général avait dû se coucher et les villes qu'il avait foudroyées pour nous épater devaient dormir à leur manière du sommeil inimitable des disparus. Nous aurions aimé retourner voir la tour Eiffel, mais le Père Maurin allait si bon train que nous avions le plus grand mal à le suivre. À certains moments nous le perdions de vue, et il revenait nous chercher en nous traitant d'apathiques.

Au-dessus d'Orléans, nous avons cru qu'à force d'aller vite il s'était accidenté à quelques kilomètres de là, et que nous ne le reverrions jamais plus. Il a fini par réapparaître, fâché de voyager avec des gamins aussi mous. Il a exigé que Gabriel s'accroche à un de ses pieds et que Corentin ne lâche l'autre sous aucun prétexte.

— Toi, tu te tiendras à ma robe.

— D'accord, mon Père.

Le Père Maurin a fusé cap au sud comme un bouchon de champagne déchaîné de pouvoir enfin quitter le goulot de la bouteille qui le retenait prisonnier depuis tant d'années. Notre vol a été trop fulgurant pour que nous ayons pu voir de Lyon autre chose qu'une traînée luisante immédiatement remplacée par la nuit, l'étoile du berger semblait une étoile filante, et la lune une coulée de crème incongrue.

— On a mal au cœur, mon Père.

Nous commencions à regretter de nous être empiffrés au *Succulent Détour*, mais le Père Maurin ne ralentissait pas et il nous encourageait à offrir notre nausée à Jésus. Il a même accéléré, sans doute pour que notre offrande devienne un sacrifice plus douloureux, comparable peut-être à la montée du Golgotha.

Quand nous sommes arrivés à Marseille le pont transbordeur était en flammes. Les pompiers sur des bateaux-citernes ne faisaient que les chatouiller avec l'eau de leurs lances.

— Mon Dieu, tous ces pauvres gens.

— Mon Père, la nuit il n'y a personne sur le pont transbordeur.

— Tant mieux. Mais un pompier pourrait tomber à l'eau et se noyer, emporté au fond par le poids de son casque.

Nous avions trop mal au cœur pour plaindre ce type, d'autant qu'il en réchapperait probablement s'il avait la présence d'esprit de se débarrasser de son casque pendant qu'il ferait la culbute.

Le Père Maurin prenait de l'ampleur, et nous avions trop mal au cœur pour exister. Il s'étendait comme un grand parapluie, cachant la lune au Vieux-Port qui n'était plus éclairé que par l'incendie devenu flammèche sur une goutte d'eau. La ville tout entière rétrécissait aussi au rythme endiablé de l'expansion du prêtre.

L'envergure du Père Maurin croissait de façon exponentielle, il recouvrait sans doute la Provence, le monde, comme une coque sacerdotale, réduisant le globe à l'état d'une noisette impuissante dans sa coquille.

Mais notre mal au cœur avait grandi plus vite encore que le Père Maurin, il atteignait même des galaxies qui ne se formeraient que dans des milliards d'années, ou préféreraient au dernier moment rester à l'état de projet.

25

Une orangeade
au Quai des Orfèvres

Notre mal au cœur a dissipé le Père Maurin, Marseille, l'incendie. Nous vomissions nos fraises grosses comme des pamplemousses, sucrées comme des figues, à deux pas de la vache dont le lait mousseux avait servi à les assaisonner. Elle broutait toujours les mêmes touffes d'herbe qui se raréfiaient petit à petit. Nous étions trop mal en point pour regretter d'être demeurés à ce point stationnaires, de n'avoir rien vécu d'autre qu'un rêve provoqué par ces affreuses fraises.

Gabriel s'est ressaisi le premier, il est allé se débarbouiller dans une des vieilles baignoires qui servaient d'abreuvoir aux bestiaux. Nous l'avons rejoint avec Corentin, et bien qu'encore mal revenus de notre malaise nous nous sommes amusés à nous asperger.

Quand nous avons été trempés, le Général a fait soudain son apparition au beau milieu de notre conscience. Il nous irradiait de sa colère, de ses reproches, nous l'avions déçu par nos divagations, et cette bataille de flotte achevait d'exacerber sa fureur. En plus le soleil avait beaucoup baissé durant notre songe, et nous nous rendions bien compte qu'il n'avait aucunement l'intention de nous attendre, au moindre retard il interdirait même à son secrétariat de nous accorder un nouveau rendez-vous.

Nous savions que nous ne volerions plus jamais, et pourtant il nous fallait trouver un moyen rapide de gagner Paris.

— On a qu'à faire du stop.

Nous avons trouvé l'idée de Gabriel fantastique, d'autant que nous n'en avions pas d'autre.

— Alors, il faut qu'on rejoigne la route.

Nous l'avons cherchée, mais on aurait dit qu'elle avait disparu. La boussole de Corentin était détraquée, l'aiguille tournait si vite qu'elle a fini par briser le verre et s'envoler comme une guêpe. Le paysage semblait s'être modifié, à moins que nous ne soyons en train de céder à la panique. D'abord nous n'avons plus vu aucun village à l'horizon, puis s'est profilé dans le lointain un étrange Paris, replié sur lui-même, posé sur un paysage vert tendre, comme une île d'agrément au beau milieu d'un golf. De Gaulle, hérissé d'antennes, pourvu d'un ascenseur, remplaçait la tour Eiffel et nous jetait des regards terribles qui faisaient couler nos larmes en abondance.

Nous étions étonnés que la réalité soit moins crédible encore que le rêve dont nous venions de subir les caprices une partie du jour. De Gaulle crachait à présent des arcs électriques par la bouche, et Paris sautait comme un kangourou, nous chargeant avec la hargne d'un taureau, puis s'éloignant jusqu'à devenir minuscule, invisible, jusqu'à nous laisser penser qu'il n'avait jamais existé. Nous avions à nouveau mal au cœur, le paysage devenait si flou que nous aurions pu nous trouver à Marseille, à Tombouctou, sur la crête d'une montagne du Pérou.

Nous avons rendu nos dernières fraises au pied d'un chêne. Maintenant, la route était tangible, nette, elle s'étendait indubitable, si proche qu'on pouvait lire les inscriptions tracées sur les bâches des camions et entendre le bruit du moteur de la plus silencieuse des autos. Nous étions sûrs de pouvoir l'atteindre, mais de crainte qu'elle choisisse de se dérober en apercevant trois gamins se précipiter vers son asphalte, nous l'avons rejointe à pas comptés.

Avant de tenter notre chance, nous sommes restés un moment sur le talus à contempler le trafic. Certains véhicules laissaient sur leur passage une fumée âcre dont nous nous remplissions les bronches avec délice. Un panneau indiquait que Paris se trouvait à onze kilomètres.

Prenant trois brindilles, nous avons tiré à la courte paille. Gabriel a été désigné par le sort, il s'est mis à agiter son pouce en direction de Paris tandis que nous nous tenions derrière lui les bras ballants. Peu après, un véhicule de police s'est arrêté à notre hauteur.

— Alors, les enfants, on fugue.

Un policier en uniforme, qui semblait seul à bord, a ouvert la portière du fourgon. Son sous-entendu nous a révoltés, car vu les circonstances nous entendions qu'il nous témoigne le respect qu'on doit aux hôtes de la République.

— Nous allons voir le général de Gaulle.

— Nous sommes attendus.

— Ne nous retardez pas.

Le policier était goguenard.

— Montez, dans ces conditions il n'y a pas une seconde à perdre.

— Non merci, nous préférons nous rendre à l'Élysée par nos propres moyens.

Pour toute réponse il a giflé Corentin. Nous sommes montés dans le fourgon.

Assis à l'arrière sur un banc de bois dur comme du fer, nous n'osions pas échanger la plus insignifiante parole, et encore moins nous regarder. Nous avions honte, notre lâcheté nous scandalisait presque autant que la faim dans le monde dont le Père Maurin nous parlait chaque jour, comparant chacune des bouchées de nos repas avec le vol d'une cuillerée de riz dans un des grands sacs que l'Église envoyait généreusement en Afrique.

Vers la porte d'Orléans, le policier a déclenché la sirène, il a brûlé tous les feux et pris plusieurs sens interdits, traversant en définitive le pont Saint-Michel qui nous a paru aussi triste que nous. Il s'est garé quai des Orfèvres. Il nous a ordonné de descendre.

Au premier étage de l'hôtel de police il nous a livrés à un collègue en civil, nous présentant comme de vulgaires fugueurs ramassés sur la route. Le type nous a demandé de le suivre.

Dans une pièce aux murs brunis par la fumée des pipes, à la fenêtre rébarbative avec sa grille rouillée, il s'est assis derrière un bureau qu'on aurait dit usé au fil des interrogatoires par les ongles des suspects. Sans même nous inviter à prendre place sur une chaise, il nous a sommés de décliner nos identités. Nous avons hésité, mais nous avons vite compris que nous n'avions pas le choix.

— Gabriel Vincenti.

— Régis Jauffret.

— Corentin Tuilat.

Il a noté nos noms sur une fiche. Il a appelé un planton.

— Vérifiez s'ils ne sont pas signalés disparus.

Puis il a téléphoné, évoquant un meurtre commis à la Villette ce matin-là. La conversation s'éternisait, le Général nous attendait. Corentin et Gabriel semblaient tétanisés par ce sbire, alors j'ai décidé de monter à l'assaut.

— Monsieur.

Il a continué à bavarder, peut-être ne m'avait-il pas entendu. J'ai haussé le ton.

— Nous ne sommes pas vos prisonniers, nous avons rendez-vous avec le général de Gaulle.

Il a raccroché, ahuri. Il était paniqué, il a bredouillé des excuses, tête basse. Puis il s'est redressé, et il a trouvé le courage de me regarder en face.

— Il fallait me le dire tout de suite.

À cette époque le Général était si révéré que même un enfant ne se serait pas permis de plaisanter à son sujet. Il était aussi respecté qu'en son temps Joseph Staline, maître absolu de l'Empire soviétique, qui chaque soir appelait au hasard le directeur anonyme d'une usine, d'un kolkhoze, d'un puits de pétrole, perdus au fond de l'Ukraine, de l'Oural ou de la Géorgie, pour lui demander des nouvelles du travail de la journée. Bien que la voix de Staline soit falote, banale, sa phrase presque ordinaire, jamais personne n'a douté qu'il avait au bout du fil le président du Soviet suprême, car puisqu'une supercherie était inimaginable, personne ne l'imaginait. *deception*

Le policier qui nous avait cueillis au bord de la route en nous raillant s'était indirectement moqué du Général, laissant croire qu'il pouvait à l'occasion avoir bon dos dans un canular. Son impertinence lui vaudrait une mutation, ou la radiation pure et simple assortie d'une peine de prison ferme. *hoax*

— Vous avez rendez-vous à quelle heure.

Le type avait adopté maintenant un ton presque obséquieux, il craignait qu'on puisse déjà le soupçonner de complicité avec son insolent collègue.

— À vingt heures trente.

Il a regardé sa montre.

— Nous sommes encore dans les temps.

Il paraissait soulagé, un peu de sueur perlait malgré tout sur son front plat et blanc comme le fond d'une assiette.

— Asseyez-vous, je vous en prie.

Gabriel et Corentin m'ont regardé avec admiration en prenant place avec moi sur les chaises.

— Vous voulez manger quelque chose avant de partir.

— Nous préférerions une boisson.

Il appela le planton pour passer commande.

— À propos, inspecteur, ils n'ont rien trouvé.

— De quoi vous parlez.

— Ils ne sont pas recherchés.

Il a haussé les épaules. Le planton est sorti, il nous a rapporté des orangeades. La soif nous brûlait la gorge.

— Maintenant il faut lever l'ancre.

— Oui Monsieur, le Général n'attend pas.

26

Le rapport du soir

L'inspecteur a fait escorter la voiture par deux motards qui dissolvaient les encombrements en obligeant les autres véhicules à monter sur les trottoirs au risque de heurter les piétons maladroits. Nous sommes passés devant l'ambassade des États-Unis gardée par des soldats paisibles sous leur casque étoilé.

Le portail de l'Élysée s'est ouvert, nous avons roulé au pas sur le gravier du parc pour respecter le calme du lieu et éviter de troubler les réflexions du Général qui giclaient à tout instant dans son cerveau comme des milliers de sources d'idées nouvelles qui ne cesseraient de couler qu'à sa mort lointaine, incertaine, et même impossible selon certains de ses proches qui la redoutaient pourtant à l'égal d'une ban-

Spurt

queroute dont ils seraient les petits porteurs lésés.

Un huissier nous a ouvert la portière. Il tombait quelques gouttes, il nous a abrités sous un grand parapluie pour monter les marches du perron. Sitôt dans la place nous avons demandé à un homme vêtu d'un complet aussi gris que le mur devant lequel il était en faction, de nous introduire chez le Président. Comme l'inspecteur, craignant de ternir par ses soupçons l'image du Général, il s'est gardé d'appeler quiconque ou de mettre en doute la véracité de notre propos. Il s'est seulement permis de vérifier qu'il était vingt heures vingt-huit et que le temps de monter à l'étage nous ferions notre entrée dans son bureau à l'instant précis où sa pendule en marqueterie sonnerait la demie.

En ce temps-là, le Premier ministre se nommait Georges Pompidou, nous lui vouions une sympathie réelle, amusée, car avec sa tête comme une pastèque dont la nature ne lui aurait concédé que la moitié, et le mégot piqué à ses lèvres comme une cigarette russe, il ressemblait à un dessert. L'homme en gris l'a interpellé alors qu'il surgissait d'un corridor, serrant une serviette en peau de chagrin sous son bras épais qu'on imaginait jauni sous l'alpaga par le champagne et la graisse de foie gras.

— Monsieur le Premier ministre, vous ne vous rendriez pas par hasard chez le Général.

— Comme d'habitude, et bonsoir le rapport du soir.

Sa désinvolture nous a surpris, nous regrettions que la mode des cannes à pommeau soit passée depuis des lustres, autrement nous n'aurions pas résisté à la tentation de briser les nôtres sur son museau.

— Pouvez-vous les emmener avec vous, monsieur le Premier ministre.

— Ils ont rendez-vous, je suppose.

L'homme en gris a pincé les lèvres, il semblait que la question de Pompidou venait d'atteindre comme un jet de salive l'image immaculée du Général. Pompidou a pincé l'oreille de Corentin.

— Allez, venez les gosses.

Nous avons monté avec lui le grand escalier. Il nous raillait d'être venus, entrouvrant à peine les lèvres pour éviter de perdre son clope. Il prétendait le Général si usé qu'il aurait mieux valu le remplacer par un autre, fût-il capitaine, sergent ou simple civil.

— Un terrassier ferait l'affaire, ou un ouvrier dans une usine de montres, de fourchettes.

— En avant, les mômes.

Pompidou entra sans frapper dans le bureau du Général. C'était une pièce immense, avec trop de fenêtres pour que nous puissions les compter. Il y avait une foule de gens, hommes et femmes jacassant, enfants se chamaillant en poussant des cris. Quelques chiens se frayaient un passage entre les jambes des humains, et on pouvait supposer d'après les flaques sur le parquet qu'ils étaient là depuis longtemps. Pompidou regardait avec mépris tout cet aréopage.

— Même les gardes républicains refusent de s'aventurer dans ce clapier.

Le brouhaha nous rappelait celui qui régnait dans les allées de la foire de Marseille.

— Où est le Général, monsieur Pompidou.

— Il ne risque pas de s'envoler.

Son gabarit lui permettait de glisser comme une boule de bowling, renversant sur son passage bêtes et gens comme des quilles. Mais la route était longue, car le bureau était plus étendu qu'une piscine olympique. Nous avons traversé un groupe de lanceurs de poids qui n'avaient pas pris la peine de se changer et brandissaient un trophée gagné en championnat d'Europe. Plus loin, des judokas en kimono portaient en triomphe l'un des leurs. Des agriculteurs agressifs bombardaient l'assemblée de pommes de terre en menaçant de revenir un jour prochain avec des tracteurs et des porcs.

Un groupe d'étudiants jetait de-ci de-là des grenades lacrymogènes dérobées sans doute à un ami CRS qui les entreposait dans le garage de son pavillon. Les travailleurs étaient moins nombreux, ils scandaient des slogans répétitifs sous une bannière qu'ils avaient le plus grand mal à déployer dans la cohue.

Plus nous nous avancions, plus nous remarquions des visages connus, des acteurs, des politiciens, des princes, une duchesse célèbre pour son manuel pratique sur l'art et la manière de morigéner les domestiques tout en se les attachant par une affection redoublée en se montrant compréhensifs, presque tendres, même si point dupes de leur rouerie. Des photographes entouraient Jean Cocteau, pourtant mort depuis plus de deux ans, dont le surgissement inattendu dans un contexte aussi mondain leur laissait espérer une vente facile et profitable de leurs clichés.

Dépité, Romain Gary tapotait les rubans de

217

ses décorations cousus à la boutonnière de sa veste. Il a demandé à Pompidou d'intervenir auprès du Général afin que cesse cette comédie.

— Mourez Gary, on vous prendra en photo.

— Je suis compagnon de la Libération.

— Et moi, je suis auvergnat.

Le littérateur a subi le sort de tous ceux qui gênaient la progression du Premier ministre, il a vacillé, sa tête heurtant un tabouret tenu comme un bouclier par un fils de famille qui serait guillotiné deux ans plus tard à la suite d'une série de crimes crapuleux plus sordides les uns que les autres.

Pompidou continuait à rouler sans aucune considération pour ses ministres de plus en plus nombreux à mesure que nous allions de l'avant, ni pour la famille du Général qui essayait sans grand résultat de préserver un périmètre de dignité autour du bureau présidentiel. Le fils est même tombé à la renverse, grande quille entraî- nant dans sa chute femme, enfants, et un jeune professeur qui leur donnait des cours particu- liers d'alsacien.

Et puis, nous avons vu de Gaulle, le haut de son crâne surtout. Son nez et sa bouche nous demeuraient cachés, et ses yeux nous apparais- saient au rythme de son élocution saccadée au-dessus de la douzaine de micros qui l'entouraient comme une digue. Les projecteurs de la télévision l'éclairaient d'une lumière si perçante, qu'on distinguait l'os sous la peau, et la chair des yeux n'était pas assez dense pour empêcher les rayons de fouiller le fond des orbites.

Des journalistes l'entouraient, le serrant de si près qu'on entendait craquer les bras de son fauteuil Louis XV sous leurs pressions importunes. Ils l'apostrophaient comme un cancre, lui reprochant de pactiser avec l'Italie, l'Angleterre, l'Allemagne, et même la République populaire de Pologne.

— Pour ériger l'Europe, le coq gaulois doit s'acoquiner avec d'autres volatiles. *gang up with*

Ils lui posaient aussi des questions indiscrètes sur sa santé, abordant certaines zones anatomiques dont on ne nous parlait jamais en cours de sciences naturelles. Pompidou a jeté la serviette en peau de chagrin sur son bureau, accrochant au passage les micros qui ont valsé, et nous avons pu enfin voir le Général tout entier.

— Le rapport du soir, bonsoir.

Le Premier ministre est reparti aussitôt, émettant cette fois un cri continu rappelant le bruit des serpents à sonnette.

Il a effrayé de la sorte la plupart des fâcheux,

les autres se sont écroulés en brisant à l'occasion les bibelots du mobilier national tombés à terre, quand l'assistance ne les avait pas déjà piétinés et réduits en miettes depuis longtemps.

27

Critique de la mer

Nous n'imaginions pas rencontrer de Gaulle dans une telle ambiance de kermesse. Nous aurions voulu qu'il monte sur ses ergots, qu'il renvoie toute cette racaille à son clapier. Mais il avait la placidité des gens désabusés, presque la résignation des soumis, et il se rebellait rarement.

Une journaliste décolletée a demandé la parole, elle l'a prise bien avant qu'on la lui donne. Elle a reproché au Général de s'obstiner à porter cette petite moustache ridicule qui rappelait Adolf Hitler, comme si plus jeune il l'avait admiré et conservait dans sa vieillesse ces quatre poils blanchis sous ses narines pour lui rendre un hommage clandestin.

— Mais, Madame, j'ai écrasé les nazis.

— Alors, pourquoi persistez-vous à nous infliger en plein visage cette croix gammée.

— Je n'ai qu'une croix, la croix de Lorraine.

— Rasez-vous, monsieur le Président.

— Je suis prêt à entreprendre de profondes réformes.

— Pompidou refusera.

— En tout cas, je lui ferai certaines propositions.

— Et dans six mois vous aurez toujours ce drapeau national-socialiste qui vous barrera le visage comme un aveu.

Le Général regardait autour de lui, mais personne ne lui est venu en aide. Sa bouche était entrouverte, il avait les larmes aux yeux. Un homme à nœud papillon qui semblait présenter l'émission s'est approché du bureau, il lui a donné une petite tape sur la main, de celles qu'on administre aux convives qui s'endorment au cours d'un dîner.

— De la tenue, Général, cette conférence de presse est télévisée.

De Gaulle sortit de ses gonds.

— Mais pourquoi ces conférences de presse chaque jour, parfois deux ou trois fois par jour, il est même arrivé à plusieurs reprises qu'on me réveille la nuit pour m'imposer une interview en mondovision. J'ai l'impression de subir ces interrogatoires incessants que la Gestapo infligeait aux résistants.

— Pompidou pense que vos apparitions permettent aux Français de mieux endurer leur existence, et par conséquent de réduire considérablement le nombre de jours d'arrêt maladie.

La journaliste lui a demandé ensuite s'il prenait des douches, des drogues, de l'eau sucrée, s'il savait encore par cœur ses fables de La Fontaine, le théorème de Thalès, s'il était capable d'additionner des lampes et des chevreuils par distraction, ou s'il avait la présence d'esprit de les distinguer pour les soumettre à deux opérations séparées. La nuit, avait-il des visions qui le poursuivaient ensuite toute la journée en cavalcade, et n'était-il pas pris de panique quand il apercevait ses vestes pendues dans l'armoire de sa chambre, les confondant avec des pingouins écartelés sur des cintres.

— Non, Madame, je vous assure.

— On dit que vous avez honte de vos pieds.

Le Général s'est levé pour signifier que la conférence de presse était terminée. L'homme au nœud papillon ne l'entendait pas de cette oreille.

— Président, nous gardons l'antenne jusqu'à trois heures du matin.

— Eh bien, remplacez-moi par un interlude.

— Je crois que quelqu'un voudrait vous poser une question de politique intérieure.

— Non, s'il vous plaît, je suis très fatigué.

— Alors, nous allons aborder un sujet plus léger.

Un homme vêtu de tweed s'est assis sur un coin du bureau, il n'a même pas enlevé sa casquette pour questionner le Général.

— Monsieur le Président, qui a gagné l'étape du mont Ventoux lors du tour de France 1954.

— Je n'en sais rien.

— Et en 1932, en 1925, en 1947, et combien de combats Marcel Cerdan a-t-il livrés au cours de sa carrière. Vous préférez le volley ou le rugby, le basket ou le ping-pong, le ski de fond ou la natation. Qui a gagné le championnat du monde de cyclisme sur piste l'an dernier, et celui de saut à la perche, de 110 mètres haies, de parachutisme. Quelle est la couleur du maillot de l'équipe de football de Manchester, du Real Madrid, de l'Olympique Lyonnais. Avez-vous déjà assisté à un combat de boxe, de savate, de catch à quatre. Faites-vous encore des

224

pompes, des abdominaux, des haltères, accepte-riez-vous que je vous chronomètre tandis que vous retiendriez votre respiration afin d'évaluer votre capacité à plonger en apnée.

Le Général secouait la tête, il cherchait à quitter son siège, mais on le rasseyait de force à chaque tentative.

— Laissez-moi partir.

L'homme se décoiffa, il lut une note inscrite dans le fond de sa casquette.

— Une dernière question, qui a dit, *le sport est la pensée des muscles.*

— François Mauriac, peut-être.

— Faux, Président, cette citation est apocryphe.

De Gaulle a demandé un verre d'eau, l'animateur le lui a refusé, prétextant que son ingestion produirait immanquablement dans un moment des urines. La nécessité où il se trouverait alors de devoir aller les évacuer séance tenante aux toilettes perturberait quelques minutes l'émission, ce qui pourrait être perçu comme du mépris par le peuple français.

— Dans ces conditions, je veux m'en aller, d'ailleurs je n'ai plus rien à dire.

— Notre spécialiste en économie politique n'est pas de cet avis.

Un jeune homme blond portant chevalière au majeur a dû jouer des coudes pour s'approcher du Général. Ses petites dents blanches et acérées semblaient éventrer les mots, et le langage coulait sanglant de sa bouche.

— Je voudrais savoir pourquoi il faut dépenser le prix de cent seize mille six cent soixante-six baguettes de pain pour espérer pouvoir accéder à la propriété individuelle, pourquoi le taux d'inflation n'est pas indexé sur l'espérance de vie, la propension marginale à consommer sur l'impôt foncier, et la mortalité infantile sur le taux d'escompte.

De Gaulle était perplexe, du reste l'économie l'avait toujours dérouté. Il allait jusqu'à se méfier des banques, de leurs relevés obscurs comme des tables de logarithmes, et la monnaie scripturale lui faisait peur. Il refusait les chèques, encaissant sa solde en liquide, la troquant aussitôt pour un peu d'or qu'il enterrait au fond de caches ménagées dans les caves de sa maison de Colombey. Parfois même il semait quelques louis dans le jardin avec l'espoir qu'ils poussent, prolifèrent, donnent un arbre, une forêt aux feuilles trébuchantes qu'il ramasserait chaque automne, les entassant dans de vastes bassins où

226

il pourrait s'immerger, comme dans ce roman écrit par un alchimiste du XVIIIᵉ siècle qu'il avait dévoré dans son enfance à l'occasion d'une longue convalescence consécutive à une pneumonie qui avait failli lui coûter la vie, privant ainsi la France de ses services et réduisant notre pays à une province germanique au bonheur interdit.

Le jeune homme s'impatientait, son visage était déjà presque aussi rouge que sa phrase.

— Répondez-moi, Général.

— Pouvez-vous me répéter la question.

— Quand vous déciderez-vous enfin à conjuguer les efforts du ministère des Affaires sociales et du secrétariat d'État à l'Industrie, afin que la courbe des naissances tende à se superposer à celle de l'évolution du cours du baril de pétrole.

De Gaulle protesta.

— Nous n'avons aucun moyen de pression sur les familles, elles se reproduisent librement.

— Ce qui est en complète contradiction avec les principes basiques de notre économie dirigiste. Le taux de natalité doit être souple, docile, on devrait pouvoir le modifier aussi aisément que le taux de super-enfer appliqué par la Banque de France aux créances des entreprises.

Les ménages n'ont pas à constituer un camp retranché de libéralisme à l'intérieur des foyers fiscaux, et l'intimité du couple doit être encadrée par un carcan aussi rigoureux que celui qui régit le droit du travail.

De Gaulle semblait ébranlé par la véhémence du jeune homme dont certaines locutions tachaient un instant le col de sa chemise avant de s'évaporer.

— Certes.

— Votre politique économique est en contradiction avec Keynes, Adam Smith, et les restes de ce pauvre Schumpeter doivent pleurer de rage sous la corbeille de la bourse de Francfort où on les a placés l'an dernier afin qu'ils irradient les valeurs et préviennent les krachs.

— Nous avons, malgré tout, de très bons économistes français.

— Des marxistes, Général. Le dirigisme étatique n'a aucun rapport avec la nationalisation des moyens de production. Et pour finir, permettez-moi de regretter que la croissance de votre aptitude à appréhender les grands équilibres soit inversement proportionnelle au taux d'épargne des célibataires qui a cette année dépassé le seuil psychologique des cinq pour cent.

Le jeune économiste se tut, écrasant du revers de la main une insulte qui tomba morte à ses pieds avant de devenir sonore.

Pour se donner une contenance, de Gaulle désappointé ouvrit la serviette que lui avait jetée Pompidou tout à l'heure. Il en sortit des coupures de journaux et des canapés au saumon enveloppés dans un prospectus qu'on aurait dit fauchés par un rat de cocktail. Le présentateur lui fit signe de remettre en place le rapport dans la serviette, le Général ne moufta pas.

— Maintenant, passons aux questions d'actualité.

De Gaulle sembla paniqué.

— Vous savez bien que je ne m'intéresse pas aux nouvelles, à mon âge on se mure dans la glace du passé comme un vieil Inuit dans son igloo.

— Les Français pensent au contraire que le troisième âge est très réceptif aux événements actuels, car ils le terrifient à l'égal d'une expulsion, d'une grippe pernicieuse, ou d'une fracture du col du fémur.

— Je préférerais cependant m'en tenir à un point de vue historique.

D'un geste, le présentateur lui imposa silence.

Une femme d'un certain âge, pourvue d'un chignon gris, portant tailleur Chanel et lunettes cerclées d'argent vieilli, se coula jusqu'au bureau, et se pencha sur le Général, sans doute pour mieux l'avoir à l'œil.

— Monsieur le Président, comment expliquez-vous le décès de Nicolas Rabès.

— Mais, de qui s'agit-il.

— Et celui d'Antonin Frabres, de Maria Plombes, Raymond Malet, Corinne Puiton.

Le Général semblait sincèrement navré par cette avalanche de deuils.

— Croyez bien, Madame, que je regrette ces disparitions, s'il n'avait tenu qu'à moi tous ces gens seraient encore de ce monde, et je profite de l'occasion qui m'est donnée ce soir pour présenter à leurs familles mes plus sincères condoléances.

— Que pensez-vous du mariage de Marie-Ange Dumont avec Pascal Lambert, de celui de Bernadette Carret avec Luc Garrin, et comment avez-vous ressenti la naissance de la petite Camille Beaudon, du petit Laurent Chaumin, sans parler du divorce en Loire-Atlantique des époux Réfourt.

— Madame, le divorce est toujours une tragédie.

La femme, dont nous voyions dodeliner le chignon, se mit à parler d'une voix plus aiguë, et elle s'emporta.

— Pourquoi Jean Mercier a-t-il assassiné son épouse à Provins avec son couteau de poche. Pourquoi Mireille Bertet a-t-elle fait sauter tout un immeuble d'Avignon en se suicidant au gaz de houille. Pourquoi Pierre Paquot, couvreur, a-t-il chuté ce matin d'un toit du boulevard Haussmann poussé par son collègue qui le soupçonnait d'être l'amant de sa maîtresse, une demoiselle de magasin des Galeries Lafayette.

— Sans doute par jalousie.

Prenant appui sur le bureau, elle se rapprocha du Général jusqu'à l'obliger à reculer la tête pour éviter d'entrer en contact avec son visage.

— Pourquoi est-il tombé dix centimètres de pluie la nuit dernière dans les rues de Bordeaux. Que pensez-vous de la neige, du verglas, quand accepterez-vous de réduire l'écart climatique entre Perpignan et Dunkerque. Pourquoi les Capricorne du deuxième décan n'ont que des déboires en amour depuis le printemps, comment expliquez-vous la réussite insolente des Scorpion prévue pour la quatrième semaine de septembre. À quand une égalité des signes en

Set backs

231

imposant une date, une heure, un lieu uniques de naissance pour les nouveaux Français.

Groggy par cette grêle de questions saugrenues, de Gaulle répondit sans conviction, comme un boxeur donne par réflexe un dernier coup de poing avant de s'effondrer sur le tapis.

— Ce serait une atteinte aux libertés fondamentales.

La femme contre-attaqua sans lui laisser le temps de reprendre son souffle.

— Pourquoi Louise Pourrin a-t-elle été opérée de l'appendicite, Gabrielle Sautart d'une tumeur bénigne à l'estomac, alors que son mari se plaint d'élancements dans les vertèbres depuis lundi dernier, et que son fils de huit ans souffre toujours d'énurésie nocturne malgré un jeûne absolu à partir de quatre heures de l'après-midi. Pourquoi la mer est-elle salée mais dépourvue de poivre et de tout autre condiment, pourquoi ne pas remplacer les chiens par des marmottes, les pigeons par des endives, les bouchers par des pharmaciens, les boulangers par des arbres à pain.

De Gaulle a fermé les yeux, et peut-être intérieurement fermait-il ses oreilles pour fuir ces propos incompréhensibles à son cerveau pétri de culture classique et en particulier des *Règles pour la direction de l'esprit* de René Descartes dont l'application scrupuleuse lui avait servi jadis à gérer la France libre, et l'aidait aujourd'hui à retrouver sa petite cuillère quand dans un dîner officiel elle avait inopinément glissé sous son assiette.

Le présentateur a tiré le Général par la manche de sa veste. Il a fini par rouvrir les yeux.

— Je vous prie de m'excuser, je m'étais assoupi.

Avant de retomber sur de Gaulle qui redressa instinctivement la tête comme si on venait de lui assener un uppercut, la voix de la femme monta si haut qu'elle percuta le plafond, arrachant un morceau de corniche qui par miracle ne blessa personne.

— Président, je vous ai posé un certain nombre de questions, répondez.

Le Général soupira, on le sentait prêt à rendre les armes. Puis, se souvenant peut-être de sa gloire passée, il lui répondit avec le souverain mépris des héros envers la valetaille des réformés.

— Madame, j'appartiens à une époque où personne ne se serait jamais permis de critiquer la mer.

— Votre passéisme m'écœure.

Aidé par son assistant, le présentateur dut la retenir pour qu'elle ne porte pas la main sur le Général. Elle finit pourtant par leur échapper, mais ses lunettes étant tombées à terre, elle s'acharna par erreur sur le cameraman qui se défendit et l'envoya sur le sol assommée.

La conférence de presse semblait sur le point de reprendre son cours, déjà le rédacteur en chef d'un hebdomadaire proposait à de Gaulle un reportage photo avec des chats persans, ou six petits-fils qu'il se chargeait de lui fournir le temps de la séance. Mais mû sans doute par un réflexe corporatiste, le jeune homme blond s'approcha du cameraman, et non content de le couvrir d'injures qui l'ensanglantèrent, il le gifla à revers, lui ouvrant la lèvre avec le chaton de sa chevalière qui l'atteignit de plein fouet. Les éclairagistes vinrent à sa rescousse, les autres journalistes s'en mêlèrent, provoquant une échauffourée, la caméra éclatant sur le sol, les projecteurs explosant par chute, ou à la suite d'un court-circuit. Une épaisse fumée opaque à l'odeur de caoutchouc brûlé recouvrit la bagarre.

Nous avions assisté déçus à l'humiliation du Général, et maintenant nous ne pouvions même

234

plus le voir. Nous imaginions qu'on le heurtait par inadvertance, qu'on le frappait dans la confusion ambiante, à moins qu'il ne soit en train de tousser et de s'asphyxier. La panique commençait à gagner la foule, on entendait des cris, des bruits de bousculade. Comme un goulot d'étranglement, la porte empêchait le reflux de tout ce monde dans le couloir.

La journaliste au chignon gris était revenue de son évanouissement, elle nous est apparue décoiffée, un de ses talons aiguille était cassé. Elle s'est agrégée en claudiquant au troupeau des fuyards. Des journalistes, des techniciens, le présentateur en personne, traversaient petit à petit le rideau de fumée, sonnés, tuméfiés. Ils suivaient son exemple en marchant d'un pas saccadé de zombie.

La salle a fini par se vider tout à fait. Nous ne percevions plus la moindre rumeur de lutte. Nous n'avions pas vu de Gaulle s'en aller, il avait dû rester assis sur le fauteuil présidentiel, à la barre d'un navire en toile peinte arraché à un décor d'opérette, qui n'avait jamais été destiné à voguer.

28

Un nourrisson émancipé

La fumée à présent n'était plus que volutes, elle piquait à peine les yeux. Nous avons enjambé des perches et du matériel fusillé, mais aucun corps. Le Général était là, debout au milieu du désastre. Absorbé par cette vision de catastrophe, il n'a pas remarqué notre présence. Nous étions rassurés de le revoir intact, heureux de pouvoir le contempler enfin dans toute sa splendeur d'homme seul, abandonné, merveilleux, comme parfois les pays vaincus qui dégagent une dignité, une noblesse, dont leurs vainqueurs se sentent accablés comme s'ils venaient de subir une déroute.

Il a porté la main droite à sa tempe, saluant la France morte comme on rend un dernier hommage à la dépouille d'un brave. Puis il a pris la serviette en peau de chagrin recouverte comme lui d'une poussière noire, et d'un pas décidé il a quitté les praticables dévastés. Nous le suivions de loin, craignant d'ajouter à sa confusion en l'abordant. La salle était jonchée de morceaux de vêtements déchirés, de détritus, de déjections canines, de meubles brisés, de tessons de vases. En sortant du bureau, le Général a donné du bout de son soulier un coup de pied dédaigneux à un briquet Zippo qui avait perdu son couvercle, il devait lui rappeler un entretien houleux avec le président Roosevelt.

L'Élysée semblait avoir été évacué, comme si craignant un bombardement le personnel se terrait aux abris. Le Général ouvrait les portes l'une après l'autre, perdu peut-être dans sa propre maison, pareil à ces malades désorientés dans le logement minuscule où ils vivent pourtant depuis cinq décennies, qui partent chaque matin à la recherche de leur salle de bains, pour ne la trouver qu'à la nuit tombée après avoir erré en vain dans tout l'immeuble, sonnant à toutes les portes, frappant même à celles des garages, des celliers, et des caves.

Il a fini par s'asseoir dans une antichambre, devant une bibliothèque vitrée où des livres en maroquin rouge sous les lampes du lustre réverbéraient une lumière de coucher de soleil sur son visage blême. Les yeux dans le vague, il observait sa vie, ses batailles, et cette France devenue jeune, inconséquente, balbutiante, incontinente comme un nouveau-né. À la moindre averse, elle prendrait froid, un prédateur la dévorerait au fond de son berceau, lui trouvant le goût fade et doux des sirops dont on gave les bébés enchifrenés.

Il avait sauvé une patrie dans la force de l'âge, mais peu à peu elle avait considéré l'âge adulte comme une déchéance et elle l'avait quitté comme un taudis. Elle rajeunissait de plus en plus vite, bientôt elle se lasserait des hochets, s'établirait dans l'utérus, les ovaires, les bourses. À la fin du prochain millénaire elle aurait séché, trace de sperme qu'une femme de ménage essuierait d'un coup de lavette. On nettoierait toute l'Europe à grande eau pour permettre à de nouveaux peuples de s'y installer, d'y trouver leurs marques, d'y prendre leurs aises, de la décorer à leur mode, rabotant des montagnes, creusant des lacs, construisant des villes immergées et d'autres perchées sur des pilotis au-dessus des nuages.

Nous nous rapprochions insensiblement du Général, on aurait dit que nous voulions le respirer comme une fleur et entendre le bruit de son souffle. Nous étions maintenant en face de lui, nos ombres le recouvraient. Il a levé les yeux vers nous, il n'a pas semblé surpris de nous voir. À son âge plus rien n'était susceptible de l'étonner, à moins peut-être qu'il nous ait entendus marcher derrière lui, et que d'après le seul bruit de nos pas il soit parvenu à reconstituer notre image dans son cerveau.

— Alors les enfants, vous avez passé une bonne soirée.

— Oui, mon Général.

— Vous êtes bien indulgents.

On nous avait parlé des indulgences que distribuaient les papes, nous imaginions qu'il voulait nous faire bénéficier d'une sorte de passe-droit.

— Merci, mon Général.

Il s'est tu, regardant autour de lui, se demandant sans doute où il avait échoué en définitive après avoir ouvert toutes ces portes. Nous étions impressionnés. Nous nous doutions que nous n'aurions plus jamais l'occasion de le revoir.

Gabriel a osé lui demander pourquoi il y avait tout ce monde dans son bureau. Le Général a souri.

— Et vous, les enfants, vous étiez là aussi.

— Nous avions rendez-vous, mon Général.

— Hélas, la France entière a rendez-vous avec moi. Il suffit d'écrire, de téléphoner, on ne dit jamais non à personne. Il y a même des jours où la cohue déborde jusque dans le parc.

— Vous pourriez demander à votre secrétariat de limiter le nombre des visiteurs.

De Gaulle a levé les yeux au ciel.

— Depuis six mois, je n'ai plus de secrétariat. Les lettres qui me sont destinées arrivent directement chez le Premier ministre, et mes lignes téléphoniques ont été détournées sur Matignon. Je suis un prisonnier, on me soumet à d'infâmes chantages pour que j'accepte de m'exhiber, d'écouter des billevesées, des questions auxquelles seuls des minus habens accepteraient de répondre.

— C'est la faute de Pompidou, mon Général.

— Le malheureux, il n'est pas libre non plus. La France a été victime d'un rapt, voilà tout.

— Ce sont les Américains.

— Non, je les ai beaucoup fréquentés autrefois, ils ne sont pas assez retors.

— Alors, ce sont les Soviétiques.

— Ils sont trop russes, ils n'auraient pas

résisté à la tentation de nous envoyer quelques chars.

Le Général a regardé l'heure à sa montre.

— Il est temps pour moi d'aller dormir, demain j'ai une conférence de presse à midi.

— Vous n'avez qu'à refuser, mon Général.

— On m'y traînerait, on me sanglerait à mon fauteuil comme à une chaise électrique.

Il s'est levé, il nous a embrassés tous les trois sur le front.

— Merci quand même d'être venus.

Il est resté un instant debout, inerte, puis il a changé lentement d'orientation, tel un cuirassé, un porte-avions, s'apprêtant à errer de nouveau dans les couloirs à la recherche d'une chambre quelconque où il pourrait se reposer jusqu'au matin.

Je me suis permis de lui adresser la parole une dernière fois.

— En réalité, mon Général, qui dirige la France.

Il s'est retourné vers moi en riant doucement, tristement.

— En tout cas, pas moi, mon petit.

— Mais alors, qui.

— Je me dis parfois que la France se gouverne toute seule, pareille à un nourrisson émancipé incapable de changer lui-même ses langes.

Avant de disparaître définitivement dans un corridor, il nous a conseillé d'oublier tout ce que nous avions vu. Il nous a aussi recommandé de prendre au sérieux l'existence, et de vivre une vie démesurée. *immoderate*

— Alors, vous aurez tant vécu, que votre mort ne sera qu'une anecdote bonne à jeter aux clercs de notaire.

— Oui, mon Général.

Mais nous savions que nous faisions partie d'une génération trop moderne pour devenir un jour âgés et mourir.

— Et puis, en attendant, demandez à Roland de vous faire reconduire chez vos parents.

— Qui est Roland, mon Général.

— Un homme très fidèle, il en reste encore, Dieu merci. Vous avez dû le voir en arrivant, par modestie il est toujours vêtu de gris afin de se fondre avec le mur devant lequel il se tient jour et nuit pour assurer son service.

Nous nous sommes retrouvés seuls. L'odeur de caoutchouc brûlé était parvenue jusqu'ici, nous l'avons suivie comme un fil d'Ariane. Nous avons dépassé le bureau du Général, des-

cendu le grand escalier, et nous avons retrouvé
Roland ton sur ton devant son mur gris.

— Vous l'avez vu, les enfants.

— Oui, et il nous a parlé.

L'homme semblait impressionné de se trouver en présence de si jeunes êtres humains à qui
de Gaulle avait consenti à adresser la parole.
Visiblement, il ne savait rien des horreurs qui se
déroulaient là-haut. Pourtant il accueillait le
troupeau des visiteurs, et il les voyait repartir
ensuite avec le laisser-aller des supporters quit-
tant débraillés un stade où on a fait le coup de
poing à la mi-temps.

— Vous avez de la chance, moi, il me salue
à peine d'un hochement de tête.

Il n'était pas jaloux, mais triste comme un
chien qui dort toute l'année dans sa niche et n'a
jamais accès à la maison de ses maîtres. Nous
aurions pu lui répéter tout le bien que le Général avait dit de lui, mais nous étions trop pressés de rentrer. Nous supplierions nos parents de
croire que l'autocar était tombé en panne et ne
nous avait déposés au collège qu'au matin.

— Le Général voudrait que vous nous fas-
siez ramener chez nous.

— Je vais appeler une voiture.

— Mais nous allons à Marseille, nos parents nous attendent.

— Je dirai au chauffeur de rouler à tombeau ouvert.

Nous nous imaginions déjà à l'intérieur, avec la pierre que nous ne parviendrions pas à soulever même en nous arc-boutant tous les trois.

— Ce n'est pas trop dangereux, Monsieur.

— Allons, c'est excitant le danger. Moi, j'aurais bien aimé être pilote de chasse.

Il a téléphoné. Une DS est arrivée presque aussitôt en dérapant sur le gravier. Les appariteurs avaient dû aller se coucher, Roland nous a raccompagnés lui-même jusqu'en bas du perron.

— Rentrez bien, les enfants.

— Merci beaucoup, Monsieur.

29

Dans la baie d'Alger

Nous étions installés à l'arrière de la voiture. Nous en avions assez, nous voulions retrouver nos mères et nos lits. Nous fermions les yeux en essayant de les imaginer. Le chauffeur nous dérangeait, il se vantait sans cesse d'avoir gagné des rallyes, des courses, des grands prix. Il prétendait qu'il avait gonflé cette DS avec un ami et qu'elle montait jusqu'à deux cent cinquante.

— Presque trois cents en descente avec du vent arrière.

Nous n'avions plus peur, nous préférions mourir plutôt que de continuer à nous éterniser loin de chez nous. Heureusement nous avions déjà traversé Paris, trop vite pour que les policiers des carrefours aient eu le temps de nous voir et de nous siffler. Nous étions sur la route, nous doublions les autres véhicules qui faisaient des embardées comme des bêtes affolées.

Certaines villes précédaient notre progression, elles se plaçaient d'elles-mêmes derrière nous sans obliger la voiture à les traverser. Le chauffeur refusait de prendre en compte les prétentions des villages récalcitrants, les envoyant valdinguer comme des fétus dans une région moins hospitalière où leurs habitants devraient supporter un climat rigoureux, renoncer à cultiver leur potager à la terre désormais gelée huit mois sur douze, et subir chaque jour de longues heures de train pour rejoindre leur usine, leur bureau, ou le cabinet d'architecture hérité cinq ans plus tôt de leur beau-père.

Quand nous avons atteint le Sud, nous avons demandé au chauffeur de ralentir afin d'éviter d'endommager la région dont nous étions natifs. Mais maintenant il était inclus dans le tableau de bord, la direction n'était plus qu'une excroissance de sa colonne vertébrale, l'accélérateur faisait partie intégrante de son tibia, le frein avait dû se rétracter à force de n'être pas sollicité, on en voyait plus que la cicatrice. Sa tête était sur le capot de la voiture, les yeux montant la garde au-dessus des phares, à l'affût du moindre hameau en révolte contre la toute-puissance de l'auto.

Malgré nos cris, nos implorations, il envoya Pierrelatte dans un coin si hostile des Hautes-Alpes qu'on n'y avait jamais construit le moindre chalet. Bolène échoua dans une forêt des Pyrénées-Atlantiques, les arbres transperçant les maisons et les gens comme des pieux. Quant à Orange et Aix, il les projeta au large de la Corse où elles coulèrent aussitôt, entraînées par le poids de leur théâtre antique et de leurs hôtels XVIIe aux murs de pierre alourdis par les siècles.

Marseille ne semblait pas non plus décidée à s'écarter servilement devant la voiture. Au contraire elle se dressait, fière de son pont transbordeur et de sa Vierge juchée au sommet de sa plus haute colline, pareille à un pompon d'or sur le béret d'un marin coquet.

— Attention Monsieur, Marseille.

Mais nous savions qu'il ne nous entendait pas, ses oreilles hors d'usage pendaient sur le tapis de sol comme de vieux chewing-gums. Il allait envoyer valser notre ville dans la baie d'Alger, et dans la matinée les baigneurs viendraient contempler la Canebière gisant au fond de l'eau.

Les gamins plongeraient pour ramasser des vestiges, verres encore intacts, carafes, paires de lunettes, costumes trois-pièces détrempés, fichus, qu'on garderait en souvenir de cette cité voisine qui lui ressemblait parfois comme un reflet dans une vitre.

Le haut des immeubles resterait émergé, les habitants ouvriraient leurs volets, et cédant à la panique ils sauteraient. Les jeunes rejoindraient la terre ferme à la nage, les autres seraient ramenés en barque par des pêcheurs.

Semaine après semaine, la mer imbiberait le bas des immeubles. Déjà fragilisés par l'exil, ils s'effondreraient un à un. Notre-Dame-de-la-Garde demeurerait plusieurs années debout au milieu des flots, servant de repère miroitant sous le soleil aux cargos qui l'apercevraient du large. Elle s'enfoncerait cependant peu à peu, et on ne verrait plus que sa tête, brillante comme une bouée d'or.

Puis un jour, une tempête l'engloutirait. Après des mois d'investigations inutiles les autorités interrompraient les recherches. Marseille ne serait plus qu'un souvenir lointain.

30

L'ascension de la rue Paradis

— On est arrivés les enfants.

J'ai tressailli, il commençait à peine à faire jour. Le chauffeur avait ouvert la portière, j'avais froid. Corentin bâillait en clignant des paupières, Gabriel dormait toujours. Le chauffeur l'a secoué.

— Réveille-toi, on est à Marseille.

Il a sursauté.

— Marseille, mais où est Marseille.

Le chauffeur a souri.

— À gauche, à droite, devant, derrière, tu ne peux pas rater Marseille, Marseille est partout.

La voiture stationnait au bas de la Canebière. On apercevait le Vieux-Port et le pont transbordeur encore éclairés par les lampadaires.

— Quand j'ai pris de l'essence, je vous aurais

bien offert un chocolat chaud, mais vous dormiez si bien que je n'ai pas osé vous réveiller.

Nous étions désenchantés, la réalité nous semblait terne, nous préférions encore notre rêve, même s'il s'était un peu emballé vers la fin.

— Vous voulez que je vous raccompagne chez vous.

— Non merci, on habite juste à côté.

Nous sommes sortis de la DS, les jambes engourdies, avec dans la bouche un goût de remords.

— Peut-être à bientôt, les enfants.

— Au revoir, Monsieur.

— Je dois être à l'Élysée à treize heures.

La DS a démarré, elle avait sans doute déjà rejoint la Porte d'Aix, Orange, Beaulieu, et nous étions toujours à piétiner à l'embouchure de la rue Paradis, nous demandant si nous allions nous présenter directement au collège à huit heures et quart, ou s'il valait mieux passer à la maison nous changer et prendre notre cartable. Gabriel décida qu'il nous était impossible de réapparaître au collège débraillés, sans livres ni cahiers, et de surcroît sans mot des parents pour excuser notre absence.

— Ils nous tueraient.

— On prendrait trente-cinq heures de colle.

— Et après, ils nous renverraient.

D'un pas funèbre, cafardeux comme des blattes, nous avons entamé l'ascension de la rue Paradis. Les immeubles ne nous avaient jamais paru aussi noirs, avec leurs toits de tuiles rougeâtres comme de vieilles plaies, et ces persiennes derrière lesquelles tout le monde nous observait pour servir plus tard de témoin à charge si nos parents refusaient de nous croire et décidaient de nous livrer au tribunal pour enfants.

Nous serions peut-être internés jusqu'à notre majorité dans les cachots dont le collège disposait à coup sûr dans ses caves, le Père Maurin nous nourrissant de restes, nous offrant un sucre d'orge le dimanche. À sa mort, nous crèverions de faim, et nous ne sortirions de là qu'à vingt et un ans révolus, plus légers que des yorkshires, avec des têtes de vieux, minuscules comme des tétons.

— Allez, j'y vais.

Gabriel habitait une grande maison qui n'existe plus depuis les années soixante-dix. Elle se trouvait à l'angle d'une rue rendue peu carrossable par une végétation coriace comme de la

garrigue. Elle a été matée depuis par le creuse-
ment d'un parking.

Il hésitait à sonner. Quand il s'est enfin
décidé, nous sommes partis en courant de
crainte d'essuyer une partie de l'engueulade qui
lui était destinée. *crawling out*

Continuant notre ascension, nous sommes
arrivés place Delibe. Corentin habitait un
immeuble neuf, il redoutait d'entendre la voix
de son père ou les cris de sa mère dès qu'il
appuierait sur le bouton de l'interphone.

— Te laisse pas bluffer.

— Tu me prends pour qui.

Je l'ai abandonné afin de ne pas m'immiscer
dans l'intimité de sa vie familiale.

J'ai descendu le boulevard Perrier, j'ai hésité
à m'aventurer dans ma rue. Elle me semblait
plus noire, plus agressive encore que le reste de
la ville et prête à mordre comme un dogue. Je
me suis dit pourtant que de Gaulle n'aurait pas
reculé. J'ai marché sans défaillir jusqu'à la porte
de l'immeuble où nous habitions.

Il avait la sale tête des aigris, avec son balcon
tordu comme une moue, et ses vasistas à ras du
trottoir qui me regardaient par en dessous,

soupçonneux, pleins de haine, capables de vitrioler les enfants fugueurs en leur balançant à la figure des gerbes d'acide sulfurique.

J'ai repris espoir quand je me suis aperçu que le livreur de journaux avait oublié de refermer la porte d'entrée lorsqu'il était passé tout à l'heure. Je n'avais qu'à prendre la clé cachée sous le paillasson de la cave, je l'utilisais souvent en rentrant de l'école quand il n'y avait personne à la maison. Je n'aurais alors qu'à entrer dans l'appartement à pas de loup, me faufiler dans ma chambre, me glisser dans mon lit, et à sept heures je ferais semblant de me réveiller comme si de rien n'était pour prendre mon petit déjeuner avant de partir pour le collège. J'espérais seulement que le surveillant général aurait un accrochage avec sa voiture, et qu'il arriverait en retard, bouleversé, amnésique, incapable de retrouver la liste des absents de la veille.

Trop absorbés par leurs soucis, mes parents ne se rendraient pas compte tout de suite que j'avais disparu l'espace d'une journée, et quand ils s'en apercevraient deux ou trois mois plus tard en faisant du rangement dans leurs souvenirs, je leur parlerais à nouveau de cette récollection avec le Père Maurin. S'ils refusaient d'y croire, je soutiendrais que ce jour-là avait disparu en cours d'année du calendrier par décision gouvernementale afin de sauver tous les gens qui seraient décédés à cette date si on l'avait maintenue comme c'était la coutume depuis trop longtemps.

Je n'ai fait aucun bruit en montant l'escalier, la serrure a tout juste cliqueté, la porte n'a pas grincé.

Mes parents m'attendaient dans l'entrée.

31

Abandon d'enfance

Gabriel prétendait que notre voyage n'avait jamais eu lieu, et qu'en tout cas il n'était pas venu avec nous. Au début Corentin voulait bien admettre que nous avions tenté de gagner Paris, mais au lieu de prendre une Caravelle à Marignane, nous étions allés à pied à la gare Saint-Charles et nous avions pris le train. Un contrôleur nous avait repérés dès le départ, il nous avait livrés à la gendarmerie lors d'un arrêt à Avignon. Nos parents étaient venus nous chercher. Comme ils n'admiraient pas de Gaulle autant que nous, ils s'étaient gardés de nous récompenser de retour à la maison.

Il a prétendu par la suite que nous n'avions même pas osé monter dans le train, puis que nous n'avions jamais trouvé la gare et que nous étions rentrés chez nous à la nuit tout penauds.

sheepish

Je me suis fâché avec eux, ils commençaient à ne plus voir aucune fusée dans le ciel quand nous nous arrêtions square Monticelli. Ils ont fini par refuser de lever la tête, préférant aller de l'avant pour retrouver plus vite le pain et le chocolat de leur goûter.

Ils mettaient même en doute l'existence de la caniche Lola.

DU MÊME AUTEUR

Aux Éditions Gallimard

SUR UN TABLEAU NOIR, roman, 1993

ASILES DE FOUS, roman, 2005. Prix Femina (Folio n° 4496)

MICROFICTIONS, récits, 2007. Prix du Livre France Culture-Télérama (Folio n° 4719)

LACRIMOSA, 2008

Dans la collection Écoutez Lire

MICROFICTIONS (1 CD)

Aux Éditions Verticales

HISTOIRE D'AMOUR, roman, 1998 (Folio n° 3186)

CLÉMENCE PICOT, roman, 1999 (Folio n° 3443)

AUTOBIOGRAPHIE, roman, 2000 (Folio n° 4374)

FRAGMENTS DE LA VIE DES GENS, romans, 2000 (Folio n° 3584)

PROMENADE, 2001 (Folio n° 3816)

LES JEUX DE PLAGE, 2002

UNIVERS, UNIVERS, roman, 2003. Prix Décembre (Folio n° 4170)

L'ENFANCE EST UN RÊVE D'ENFANT, roman, 2004 (Folio n° 4777)

Aux Éditions Denoël

SEULE AU MILIEU D'ELLE, roman, 1985

CET EXTRÊME AMOUR, roman, 1986

LES GOUTTES, théâtre, 1985

Aux Éditions Julliard

STRICTE INTIMITÉ, roman, 1996

COLLECTION FOLIO

Dernières parutions

4451. La Rochefoucauld — *Mémoires.*
4452. Chico Buarque — *Budapest.*
4453. Pietro Citati — *La pensée chatoyante.*
4454. Philippe Delerm — *Enregistrements pirates.*
4455. Philippe Fusaro — *Le colosse d'argile.*
4456. Roger Grenier — *Andrélie.*
4457. James Joyce — *Ulysse.*
4458. Milan Kundera — *Le rideau.*
4459. Henry Miller — *L'œil qui voyage.*
4460. Kate Moses — *Froidure.*
4461. Philip Roth — *Parlons travail.*
4462. Philippe Sollers — *Carnet de nuit.*
4463. Julie Wolkenstein — *L'heure anglaise.*
4464. Diderot — *Le Neveu de Rameau.*
4465. Roberto Calasso — *Ka.*
4466. Santiago H. Amigorena — *Le premier amour.*
4467. Catherine Henri — *De Marivaux et du Loft.*
4468. Christine Montalbetti — *L'origine de l'homme.*
4469. Christian Bobin — *Prisonnier au berceau.*
4470. Nina Bouraoui — *Mes mauvaises pensées.*
4471. Françoise Chandernagor — *L'enfant des Lumières.*
4472. Jonathan Coe — *La Femme de hasard.*
4473. Philippe Delerm — *Le bonheur.*
4474. Pierre Magnan — *Ma Provence d'heureuse rencontre.*
4475. Richard Millet — *Le goût des femmes laides.*
4476. Pierre Moinot — *Coup d'État.*
4477. Irène Némirovsky — *Le maître des âmes.*
4478. Pierre Péju — *Le rire de l'ogre.*
4479. Antonio Tabucchi — *Rêves de rêves.*
4480. Antonio Tabucchi — *L'ange noir.* (à paraître)
4481. Ivan Gontcharov — *Oblomov.*
4482. Régine Detambel — *Petit éloge de la peau.*
4483. Caryl Férey — *Petit éloge de l'excès.*
4484. Jean-Marie Laclavetine — *Petit éloge du temps présent.*
4485. Richard Millet — *Petit éloge d'un solitaire.*
4486. Boualem Sansal — *Petit éloge de la mémoire.*

4524.	Olivier Barrot	*Mon Angleterre. Précis d'Anglopathie.*
4525.	Tahar Ben Jelloun	*Partir.*
4526.	Olivier Frébourg	*Un homme à la mer.*
4527.	Franz-Olivier Giesbert	*Le sieur Dieu.*
4528.	Shirley Hazzard	*Le Grand Incendie.*
4529.	Nathalie Kuperman	*J'ai renvoyé Marta.*
4530.	François Nourissier	*La maison Mélancolie.*
4531.	Orhan Pamuk	*Neige.*
4532.	Michael Pye	*L'antiquaire de Zurich.*
4533.	Philippe Sollers	*Une vie divine.*
4534.	Bruno Tessarech	*Villa blanche.*
4535.	François Rabelais	*Gargantua.*
4536.	Collectif	*Anthologie des humanistes européens de la renaissance.*
4537.	Stéphane Audeguy	*La théorie des nuages.*
4538.	J. G. Ballard	*Crash!*
4539.	Julian Barnes	*La table citron.*
4540.	Arnaud Cathrine	*Sweet home.*
4541.	Jonathan Coe	*Le cercle fermé.*
4542.	Frank Conroy	*Un cri dans le désert.*
4543.	Karen Joy Fowler	*Le club Jane Austen.*
4544.	Sylvie Germain	*Magnus.*
4545.	Jean-Noël Pancrazi	*Les dollars des sables.*
4546.	Jean Rolin	*Terminal Frigo.*
4547.	Lydie Salvayre	*La vie commune.*
4548.	Hans-Ulrich Treichel	*Le disparu.*
4549.	Amaru	*La Centurie. Poèmes amoureux de l'Inde ancienne.*
4550.	Collectif	*«Mon cher papa...» Des écrivains et leur père.*
4551.	Joris-Karl Huysmans	*Sac au dos suivi de À vau l'eau.*
4552.	Marc-Aurèle	*Pensées (Livres VII-XII).*
4553.	Valery Larbaud	*Mon plus secret conseil...*
4554.	Henry Miller	*Lire aux cabinets.*
4555.	Alfred de Musset	*Emmeline.*
4556.	Irène Némirovsky	*Ida suivi de La comédie bourgeoise.*
4557.	Rainer Maria Rilke	*Au fil de la vie.*

Composition et impression Bussière
à Saint-Amand (Cher), le 02 août 2008.
Dépôt légal : août 2008.
Numéro d'imprimeur : 81019-082208/1.
ISBN 978-2-07-035879-3./Imprimé en France.

160465